赤銅《あかがね》の魔女

乾石智子

凋落《ちょうらく》久しいコンスル大帝国の領地ローランディアで暮らしていた魔道師リクエンシスの平穏を破ったのは、隣国イスリル軍の襲来だった。イスリル軍の先発隊といえば、黒衣の魔道師軍団。下手に逆らわぬほうがいいと、リクエンシスは相棒のリコらと共に、慣れ親しんだ湖館を捨てて逃げだした。ほとぼりが冷めるまで、どこかに身を寄せていればいい。だが悪意に満ちたイスリル軍の魔道師が、館の裏手に眠る邪悪な魂を呼び覚ましてしまう……。招福の魔道師リクエンシスが自らの内なる闇と対決する、〈オーリエラントの魔道師〉シリーズ初の三部作開幕。

登場人物

エンス（リクエンシス）……紐結《テイクオク》びの魔道師
リコ（グラーコ）……エンスの祐筆《ゆうひつ》
マーセンサス（マース）……元剣闘士
ケイス（ヨブケイシス）……エンスの大々伯父。故人
エミラーダ（ラーダ）……カダーの拝月教《はいげつきょう》の軌師《きし》
シャラナ……同、エミラーダの弟子
パネー……同、大軌師
ダンダン……〈思索の蜥蜴《とかげ》〉
トゥーラ……オルン村の〈星読み〉。魔女
ナフェサス……オルン村の村長の息子
ユーストゥス……ナフェサスの手下の少年
エイリャ……ウィダチスの魔道師
サンジペルス……牛に変身させられた若者
ライディネス……元コンスル帝国軍人

紐結びの魔道師 I

赤《あか》銅《がね》の魔女

乾石智子

創元推理文庫

SWORD TO BREAK CURSE

by

Tomoko Inuishi

2018

コンスル帝国版図
テオ
スタルビ
〈北の海〉
イスリル侵攻
イスル川
メリッサ
ヌーディアスの農場
サンサンディア
グロン川
キンキアード
ペッラ
グロリオサ
ローランディア
キンキ山地
ダアド
ルデロ川
〈山の村〉
クルーデロ海
フェデレント
フェデル
イスリル侵攻
グルディ

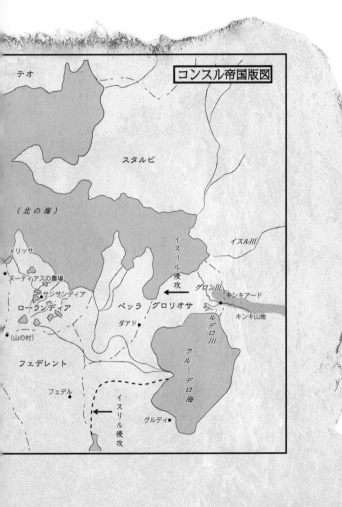

北の蛮族
ベイルス
ノルサント
メラサント
ボルデ
〈夜の町〉
ココツコ島
ネルラント
ミドサイトラント
ネルシート
ドラン
首都
デグド
チャイ
〈逃亡者の町〉
ヒバル島
ノイル
ダルフ
ノイル海
ロックラント
カダー
〈霧の町〉
コエンドー
ラアム
キサン
オルン村
クラーロ海
キスプ
キスプ
バイアン湖
ティル
〈エンス村〉
エズキウム
エズキウム
ペレス
ナランナ
フォト
ナランナ海
パドゥキア
ナーナ
ファイラント
ファナク
地方境
国境
マードラ

赤銅《あかがね》の魔女

紐結びの魔道師Ⅰ

コンスル帝国暦一四六二年　秋

1

東の方より
再び来たり　黒き獅子《しし》の群れ
老木となり　大樹は
病んで　その根は
えならず
迎え撃つこと

——バーレンの大予言　第一九三章
カヒースの解読による

忘れることはよくないと人は言う。だが、忘れることは一種の祝福だと、おれは思う。毎朝鏡を見るように過去と面《つら》つきあわせてばかりでは、心の臓を少しずつ齧《かじ》りとられていくに決まっている。恨みつらみや憎しみが、とける雪のごとく流れていって戻らないのであれば、心持ちがどれほど楽になるだろう。

かつてのことは、心の隅に確かに記憶しているものの、日々の暮らしに紛れ、また、長い年月を経てしまえば滅多に思いだすこともなく、視線をもっぱらこれからのこと、明日のことにむける。それがおれの生き方だ。ふりかえるのはもっと年をとって、明日にもお迎え、というときでいい。そう思っていた。——イスリルの侵略までは。

世界に冠たるコンスル大帝国が凋落《ちょうらく》して久しく、コンスルと常に国境を綱引きしていた東のイスリルもまた内乱に陥った。そのため、ここローランディアはどちらにも支配されることなく安寧《あんねい》のときをすごしていたのだが、平和は突然破られた。

その日、おれは至極のんびりと、晩秋の陽射しが大きく傾く湖の上で、オスゴスという白身の魚を釣っていた。中天近くには、白い半月がぽっかりと能天気に浮かんでいた。ヤマナラシの林が金の炎に燃えあがり、カエデやウルシの木々が真紅の笑いを響かせ、ミズナラやシイが茶緑の葉を鳴らして歌い、針葉樹が去りゆく秋をひきとめようと深い深い緑に沈みかけていた。湖は鏡となって岸辺を映し、それを乱すものは何一つなかった。

幾艘もの舟がサンサンディアの市《まち》の方からやってくるまでは。

突然出現した黒い影が近づいてくるのを、おれは首をのばして眺めた。こんなにたくさんの舟がこの奥まった場所までおしかけてくるとは一体何事だ。

先頭は顔見知りの漁師だった。彼の家族と親戚が乗れるだけ乗って、舟縁《ふなべり》が水面すれすれになっている。

「おおい、カーカン、どうした？」

声をはりあげると、漁師は巧みに棹《さお》を操ってあっというまに近づいてきた。水の反射で顔がよく見える。すっかり人相が変わっていた。日に焼けた皮膚には血の気がなく、眼窩《がんか》が落ち窪み、割れた唇の両側に深い皺《しわ》が刻まれて、しゃがれ声で吐きすてる。

「イスリルが来た！」

おれはそれには答えず、わずかに首をかしげた。カーカンのあとから、続々と舟がつづく。どれもこれも人で満杯だった。カーカンはおれの横を過ぎていく。おまえも早く逃げろ、エンス、と忠告を叫んで。

そうか。イスリルが来たのか。サンサンディアの市から逃げてきた人々は、皆ほとんど着の身着のまま、恐怖にひきつった白い顔をして、湖の奥の方へと進んでいく。中には知り合いや、杯をかわした朋輩《ほうばい》もおり、すれちがいざまに町の様子や警告を叫んでいく。

イスリルでは内乱を制覇《せいは》して、新しい皇帝が立ったという噂は届いていた。疲弊した国力の回復を待たず――というより、敵を隣国に求めて一致団結をはかった、とおれは見るのだが――大軍で一気に押しよせてきた。わずか十日あまりで国境の町スノルヌル（コンスル名ではキンキアード）を手中にし、――スノルヌルの町門の鍵は習慣《ならわし》どおり、従順にイスリル軍大将の手に渡された。市民は誰一人血を流すことがなかった。それを聞いて、ほっと胸をなでおろす。かつて、死にかけたわが相棒を救ってくれた町が無事だったのだから。――グロリオサ州、ペッラ州をわずか一月で踏破し、ローランディアの湖沼地帯の東端に達したと報《しら》せが届いたのはつい昨日。そしてその翌日、つまり、今日の昼過ぎだな、イスリル軍の先発隊がサンサンディアの町に姿をあらわしたのは。

町中恐慌状態になったという。イスリル軍の先発隊といえば、千年も前から魔道師軍団と決まっている。漆黒《しっこく》の頭巾つき長衣を着た、骸骨《がいこつ》さながらに青白く干からびた魔道師十人が、横並びで大通りをのし歩く様を見たら、百戦錬磨の剣闘士とて脱兎《だっと》のごとく逃げだすだろう。と、その剣闘士——かつての、と但し書きつき——が舟を寄せてきた。身軽におれの舟に乗り移り、少しばかり喫水線が上がったのへふりかえって、先に行け、と促す。重量級の男がいなくなった舟は、貧相な会計士とその家族を乗せて軽々と去っていった。

「マーセンサス」

かつての剣闘士にして飲み仲間の用心棒は、四角い顔をにやりと崩した。

「逃避行のお供に、泣き言ばっかり言う会計士はごめんだ」

おれも口角をあげた。

「だな。しかし、こっちには口やかましい爺さんがいるぞ?」

「泣き虫よりゃましだと思ったのさ」

顔を見合わせてから、二人同時に櫂《かい》を持ちあげ、逃げていく舟のあいだを渡るようにして、おれの島へとむかう。

「イスリルの進行方向は真西だろうからってんで、北と南に分かれた」

櫂を休めて一艘をやりすごすあいだに、マーセンサスは声に出さなかったおれの問いに答えた。

「市長と家族は北へ行った。〈北の海〉の沿岸に親類がいるって話だ」

「そうか。海沿いなら、あやうくなったら海に逃れられる」

「湖沼地帯は奥が深い。他の皆も、島陰や森の奥にひそんで、嵐がすぎ去るのを待てばいいさ」

泣きわめく赤子を抱いた一家が遠ざかっていく。この湖の南には、枝分かれした天然の水路とさらなる多くの湖があり、森と林と小島が広がっている。冬になる前にどこかに行きつき、大急ぎで丸太小屋を建てれば、なんとか暮らしていける。湖に氷が張る前に、魚を大量に冷凍できれば。厳しい冬になるだろう。赤子が生きのびられるかどうかは、冥府《イルモア》の女神の思惑次第。

「ああ、だが」

とマーセンサスはおれの視線を共に追いながら呟《つぶや》いた。

「イスリルもこの冬をここで越すかどうか。兵站《へいたん》線はのびきっているし」

「内乱直後では、その兵站線を維持できんだろうな」

とおれもうなずく。おそらくサンサンディアの次の春は、無人の春となるだろう。イスリルはスノルヌルまで退き、サンサンディアには来年の秋口までに人々が戻る。

長い年月、そのようにしてくりかえされてきたのだ。

やがて舟は、小波《さざなみ》が静かに寄せる小島の岸辺についた。林の奥で雄鹿が長々と鳴き、ひんやりとした風を呼んだ。おれとマーセンサスは水をはねかして手早く舟を引きあげ、石ころだらけの坂を駆けあがった。小さな丘の上に、細長い木造の館が建ち、雪花石膏《アラバスター》の板をはめこんだ二階の窓の一つからは光がしみだしていた。それは、霧の中の夕陽を思いださせる灯火だった。おれは立ちどまってその光をしばし見つめ、それから浮彫を施した太い二本の柱のあいだを通って中に入った。

「おおい、リコ！　マーセンサスだ！　おりてこいよ！」

そう叫びながら台所へ行き、竈《かまど》の火をかきたて、薪をくべる。マーセンサスも勝手知ったる友の家、戸棚から水差しと杯をとりだし、床板をどすどすいわせて酒樽へと直行する。竈の火が爆《は》ぜ、威勢よく燃えはじめたのに鍋をかけ、釣ってきたオスゴスをさばいていると、軽い足音がおりてきた。

「またオスゴスかい。たまには肉が食いたいのう」

眠そうに、半分鼻声でリコが文句を言った。御年八十うん歳、しなびた洋梨そっくりの風体のこの爺様は、相変わらず食欲旺盛で注文が多い。六十まで生きたら長老と言われる昨今、楽楽と八十を超してなお矍鑠《かくしゃく》としているのだから恐れいる。昨年、スノルヌルであやうく死にかけたが、ここに戻って養生してからは、すっかり元気になった。自分勝手なことを言いたい放題、ときに三歳の幼児かと思うような聞き分けのなさを見せることもある。しかし、以前のような破壊力はなりをひそめた。少しばかり素直になった相棒に、ほっとすると同時に寂しさも感じる。

「裏の小屋に燻製《くんせい》肉が残ってるだろ」

とマーセンサスが卓上に水差しを置いてから言った。

「おれが取ってくる」

それに対してうなずくと、リコは目を丸くした。けちのエンスがどうのこうのと呟くのを聞き流し、オスゴスの頭と骨を鍋に放りこみながら悪い報せを告げる。

「リコ、イスリルが来た」

「ひょえっ……？」

「サンサンディアの連中が逃げだしている。外を見てみろよ」

リコは居間の窓に駆けより、アラバスターの薄板を押しあけ、あらららぁだか、ひょろろろうだか奇声を発し、しばらくして戻ってきた。

「こりゃ大変じゃ！　みんな湖を渡っていく！　わしらも逃げにゃあならんぞい」

「じき日も暮れる。今夜は大丈夫だろう。逃げんのは明日の朝でもよかろうよ」

オスゴスの腹身を大きく切り分け、塩をふってホウの葉にくるむ。藁紐《わら》でくくって蝶結びをしながら防腐の呪文を唱えれば、十日は食べられる保存食のできあがりだ。残りの身と香草と塩をいっしょくたに鍋に加えていると、マーセンサスが裏口から戻ってきた。調理机の上に音をたてて鹿肉のかたまりを置く。リコは腰帯からナイフをとりだして、

「ひょひひひひ。イスリルさまさまじゃな。そうでもなきゃ、けちけちエンスがお肉をふるまうことなんぞ、そうそうありゃしない」

とさもうれしそうに呟き、切り分けはじめた。マーセンサスが手早く皿に盛りつけ、ちゃっかりさらってきたチーズをそえる。まあ、よかろう。どうせ明日にはイスリル軍に食われるだけ

だ。今宵くらいは贅沢《ぜいたく》をしても罰はあたらんだろう。

宴会がはじまった。香草とぷりぷりオスゴスのスープ、上等な葡萄酒、桜の木の匂いのしみこんだ歯ごたえのある滋味豊かなる鹿肉。チーズも嫌味ではない程度に燻蒸《くんじょう》され、クロスグリとキイチゴの風味を感じる葡萄酒とは抜群の相性だ。三人でさんざんイスリルをこきおろし、魔道師軍団を嘲《あざけ》り、溜飲《りゅういん》を下げた。翌日のことを考えて酒は控えめにし――水差し二回のおかわりで抑えた。もちろん、リコは杯一杯をちびちびと楽しむだけだったが、それでも相当御機嫌になった。おれたちは大いに笑い、誰はばかることなく足踏みをし、卓を叩き、叫んだ。湖を渡っていくサンサンディアの人々は、館から聞こえてくるどんちゃん騒ぎをどう思ったことか。またリクエンシスたちか、と眉をひそめたか、早く逃げなよと心配してくれたか。まあ、それも束の間の話だ。やがて陽が沈み、半月も傾き、湖上の舟もいなくなった頃、おれたちも早々と床についた。夜半、窓際のカシの枝でフクロウが物問いたげに鳴き、湖のむこうの別の島で狼たちが遠吠えをするのを夢の中で聞いた。

翌朝はいまだ暗いうちに起きだし、マーセンサスと二人で二艘の舟にとりあえずの食糧と野宿の道具を積み分けた。いつもながらリコは、朝陽が昇った頃にようやく起きてきた。年寄りは朝早いと決まっているはずなのに、うちの年寄りは惰眠をむさぼることに関しては、十代の若者にひけをとらない。働きぶりもそうだ。毛布一枚運ぶでもなく、家の前に立って、やれ塩は持ったか、お玉は入れたか、豆の袋は幾つ積んだ、なぞと小うるさい。とりあえずのものだけを積んで、ほどなく作業は終わった。

リコを舟のまん中に乗せ、毛布で身体をおおってやると、荷物に埋もれて木彫りの人形のようになった。マーセンサスがそれを指さしてげらげら笑いながら、もう一艘のもやい綱をほどきはじめる。

「ちょっと待ってくれ」

肩越しにそうことわって、館へ戻る。館の前と両脇にめぐっている柵、館の四隅、それから玄関とまわって、護りの結界をほどいていく。一見何の変哲もない麻縄が玉結び、固結びをつくっている。それらを一つ一つ、思いをこめて解いていった。

そう、おれは紐結び《テイクオク》の魔道師だ。紐を結びながら呪文を唱えれば、魔法がかかる。たとえばリコの長衣には、色とりどりのリボンが結んである。転倒防止、風邪予防、流行病《はやりやまい》を退け、骨折を防ぎ、長寿息災の呪《まじな》いがかけてある。編上げサンダルの紐を結ぶときには肉刺《まめ》やタコができないように。悪意のあるやつと出会わないように、手首の飾り紐を作って売ることもある。その効果は万全とは言わないが、万全に近いものだと自負している。

館の裏手にまわり、草むした斜面を見わたす。この館を建てたひいばあさんの代からの血筋、この館に終《つい》のよりどころを求めた縁《ゆかり》の人々が葬られている。その中にはひいばあさんの兄にあたるヨブケイシス、おれにとっては大々伯父にして、紐結びの魔法を得る最初のきっかけをくれた爺もいる。

おれは腰に手をあてて、ふん、と思った。輝かしき幼年時代。混沌の少年時代。水仙の花のような日々と、腐った根が執拗《しつよう》に支配しようとしていた日々。おれのゆるぎない光の源であると同時に、深い淵に気づかせてくれた年月。

おっと。いかん、いかん。闇のうごめきは心の奥底に横たえておくべし。

また戻ってくる日もこよう。大仰《おおぎょう》な別れなど、必要ではない。

坂道を身軽に駆けおり、櫂を拾いあげるのと綱を解くのと舟上に移るのを同時にやった。ぐらぐら揺れる舟に、リコが軽い悲鳴をあげる。

「この乱暴者！　ちっとは年寄りに気をつかわんかい！」

「おうよ、お年寄り！　寒くねぇか？　尻は冷たくねぇか？」

「馬鹿にするんでないぞい！　寒くはないぞ！……じゃが腹が減った！」

「朝飯は南岸についてからだ。ちっとはこらえろよ」

何を言いかえしてくるかと、舟を漕ぎながら横目を使う。だがリコは、鶏の脚のような指を一本、館の方に立て、一呼吸おいてから静かに言った。

「……護りをといてしまったのじゃな」

ああ、とおれも吐息まじりに返事をした。

「下手に魔法をはりめぐらせていると、魔道師どもが躍起になって破ろうとするだろう。十人の魔道師に攻めたてられたら、結界はもたん。で、そのあとに鬱憤《うっぷん》晴らしをされてはたまらん。ひいばあさんの造った家を壊されたり焼かれたりするよりは、貯蔵庫を空にされ、置物や飾り物を持っていかれる方がましだ。どうぞお使い下さいってもんだ」

リコはしかつめらしくうなずいた。

「……いつか帰ってこられようかのう」

すると舟を並べてきたマーセンサスが、心配するな、爺さん、と野太い声で励ました。

「必ず連れ帰ってやるからな！　来年の冬にはまた、御自慢の羽根布団でぐっすりお寝《やす》みになれるってもんだ！」

するとリコは目尻に涙をため、洟をすすった。

「そうなるか？」

「おお、そうともよ！」

とマーセンサス。

「万が一、爺さんにお迎えが来たときにゃ、骨だけでも戻してやるから、心配するなって！」

おれは吹きだし、次いでリコのわめきちらす声が湖上を渡っていく。葦《あし》の茂みの陰からカモたちが慌てて飛びだし、いっとき羽音で騒がしくなった。

「ほら、羽根布団が飛んでいくぞ！」

「馬鹿を言うない！　キンキ鵞鳥《がちょう》ならまだしも、カモが布団になるわけがなかろうが！」

「キンキ鵞鳥だと！　相変わらず爺さん、上等物が好きだなあ」

「おお、スノルヌルの寝台はキンキ鵞鳥の羽根布団じゃったぞい。あれは、寝心地が至極いいものじゃったぁ。まるでこの世のものとは思えんかったぞい……」

2

ローランディア州の西隣ダルフ州　州都カダー

「やっと空があきましたわ！」

窓辺で月を待っていたシャラナが、声をはずませてふりかえった。

「四日ぶりの御尊顔、まあ、あっという間に膨らんでしまって！」

エミラーダ軌師《きし》は書き物をやめて蠟燭《ろうそく》を吹き消すと、たちのぼる煙から逃れるように机から離れ、シャラナの隣へゆっくり足を進めた。白亜の窓の角に、昇りつつある十日の月の光があたって、金でできた枠のように見えた。エミラーダは薄い唇をゆるませて、やわらかく落ちついた声で呟《つぶや》いた。

「あら、ほんと。まるで妊《はら》んだご婦人のお腹のようね。めでたいこと」

「ラーダ軌師……」

「なあに、シャラナ」

「何百回も十日月を見ていらした方でも、おめでたいと思われるのですか？」

長いまつ毛をもった若々しい目が、いたずらっぽくきらめいている。エミラーダは少女の肩

を軽く二回叩いて、

「お子が生まれるのもそれこそ何千回何万回と見て参りましたことよ。それでもそのたび、おめでたいと思いますよ」

「あ……！」

「でしょう？　生命の永続の象徴ですもの、満ちゆく月も欠けゆく月も、満月も新月もすべてわたくしたちとつながり、同化し、理《ことわり》の中にはめこまれているのですからね」

雲が切れて月がのぞきはじめたのを知って、修道女たちがそれぞれの塔から出てきた。中央広場へとゆっくりと進むその姿は、白い繻子《しゅす》の長衣に白い羊毛の長外套《セオル》をまとって、無垢なる羊の群れさながらだ。

エミラーダの頬がひきしまった。師の変化を敏感に察知して、シャラナも窓辺から離れる。エミラーダは女性らしく静かに、しかし素早く部屋を横切った。

「四日ぶりですから、奥庭へ行かなければ。ついてらっしゃい」

扉横の鉤《かぎ》からセオルを取って羽織りつつ敷居をまたぎ、長い年月にすりへって角が丸くなった白亜の石段を足早におりていく。シャラナが慌ててそれを追う。この拝月教《はいげつきょう》のカダー寺院には、星霜《せいそう》のあとがあまり刻まれていない。それでも、石段の中央が数多《あまた》の足に踏まれてわずかにへこんでいるのに気づく者たちは、建立から二千年を経ていることに改めて思い至るのだ。

一体幾百人、幾千人の女たちが、ここでの日々の暮らしをくりかえしたのだろう、とエミラーダは扉を押しあけて塔の外へ出ながら思う。増築に増築を重ねたおびただしい伽藍《がらん》をめぐる通路には、白大理石の石が敷かれている。数箇所にひらかれた広場はどれも、少なくとも五つの尖塔をそなえている。多くの塔が気まぐれに配置されているかに見えるけれども、そのどれ一つとして、天中に達した満月の影を広場に落とすことはない。それがどれほど高いものであっても。

エミラーダはシャラナをひきつれて、広大な敷地の奥へ奥へと進む。月光を浴びようと塔から出てくる女たちにうなずきながら、彼女たちとは逆の方向へ。ダルフのカダー寺院において、大軌師に次ぐ地位にある彼女を呼びとめる者はいない。大いなる権限をもつエミラーダは、その特殊な任においても大いなる義務を課せられているのだから。

月の光を浴び、塔の影におおわれ、また月光を浴び、やがて二人は大軌師の住まう大塔へと至った。そこの広場の中央では、大軌師パネーと彼女づきの軌師二人、修道女三人、見習い四人の合計十人が、それぞれ定められた位置についている。

パネーは長いあいだ大軌師の地位にある。若い頃にはその地位に就くために月の巫女《みこ》とはとても思えないこともしたという。だが、エミラーダが幻視の軌師となり、パネーの地位を窺うつもりがないことを示すようになってからは、その暗躍も比較的おとなしくなってきている。

十人は、しずしずと昇ってくる十日月を仰いでいる。風はなく、おしゃべりもなく、衣《きぬ》ずれさえない。じっと佇《たたず》む彼女たちの姿は、冴え冴えとした秋の月光を浴びて、白い輝きを放っている。月の力を身の内に浸みこませ、知恵と洞察力と運命の流れを得ようとしているのだ。

その静寂を壊さぬように、エミラーダはすり足で広場の隅に歩いていく。師のあとを追うシャラナの、どうしても性急になる若い足音が、かすかに響く。

大伽藍の左翼の端に、両手で囲えるほどの大きさの水盤がしつらえてあり、エミラーダが近づくと、水面《みなも》に月が浮いた。かき乱す風もないのだが、大地の底の力を受けて、わずかに水面はゆらいでいる。月も一緒に歪んでは、また完璧な十日の月に戻る。

エミラーダはセオルをぬぎすて、身を乗りだして水面の月と相対し、シャラナは少し下がったところで一言一句を記憶しようと身構える。エミラーダの碧《みどり》の目が、月の貌から細部にわたる表情を漏らさず読みとろうと細められる。十数呼吸ののち、彼女ははっと息をのみ、それから気をとり直して、

「東の方ローランディア」

と言った。シャラナが背を正して、はい、と返事をする。

「サンサンディアの市《まち》に、イスリルが侵入しました。……三日前のこと」

「はい」

「サンサンディアは大きな抵抗もなく陥落。住民は湖沼地帯に逃れました」

「記憶しました」

「市《まち》はほとんどそのままイスリル軍に接収。湖沼地帯にも侵入したけれど……大方は市《まち》周辺にとどまり、深追いはせず……ああ！」

エミラーダは悼《いた》ましげな嘆息をついた。

「逃げきれぬとあきらめて隠れていた病人、老人、怪我人が広場にひきだされて乱暴されたわ

……。ほとんど力をふるうことができなかった兵士たちの鬱憤《うっぷん》晴らしね……なんてこと……！

それから、幾組かは舟を出して、湖に浮かぶ島々の住居に押しいっています」

「……記憶しました」

シャラナの返事も少し湿っているようだ。

「あれは……魔道師たちね……探索舟一艘に一人ずつ乗っています。屋内を物色し、食糧を奪い、室内を荒らしまわり——どうして男たちは意味もなく室内を滅茶苦茶にするのかしら。乱暴を働いて残るのは壊れたものばかりだというのに——あら……？……これは……」

聡い少女は口をはさまず黙って待った。するとエミラーダは、驚いたわ、と賛辞の口調で呟いた。

「市《まち》から一刻ほどの島に、ローランディア様式の古い館が——ああ、シャラナ、これは記録外にしてちょうだい。わたくしの個人的な興味の透視ですから」

それと聞いて、月の光に白く強ばっていた少女の顔が、たちまち生気をよみがえらせた。

「わぁ。なんです、ラーダ師！　わたしにも教えて下さい！」

師の個人的な興味をかきたてるものなぞ、そうはない。少女は飛びはねるようにして近づいた。エミラーダは水盤に乗りだしたまま教えた。

「立派な館があるわ……。築百年を超すほどの……でも、どこもまだしっかりとしている……材質がよいこともあるし、大工の腕も確かだったのね。それに、護りの魔法の名残を感じる。館への深い愛着と住まう人々への温かい思いで結界が張られていたのね。これは、魔道師の館だったのだわ」

「魔道師、ですか！」

シャラナはぴょん、と跳ねた。

「彼女、まだそこにいるのですか？」

「彼女、ではなく……男の人ね。珍しい……暗黒に染まりきっていない、……月の影にも似た……ううん、むしろ、水仙か、タンポポのような……」

「男性で……花、の印象？」

「彼はどこかしら……ああ、もうとっくに湖の奥に避難している。お爺さんと、強そうな同輩と一緒よ。結界を解いてから逃げたのね。イスリルの兵士たちが館を家捜ししているわ」

「どうして戦おうとしなかったのでしょう。魔道師なのに」

「衝突を避けるのは、賢い選択だと思いますよ」

シャラナは不満そうだった。魔道師なんだから、イスリルなんかやっつけちゃえばいいのに、とぶつぶつ言う。

「そうね。ちょっと変わった魔道師みたいね。でも、余計な衝突を避けるというのには、わたくしも賛成ですよ」

水盤から目を離さず微笑《ほほえ》んでいたエミラーダだが、不意にその碧の目が鋭くなった。

「おや……これは……イスリルの魔道師が、何かに気がついた……外へ出て……斜面……家の裏の……墓……墳墓……」

水盤の縁を握る指が白くなる。歯のあいだからようよう吐きだされた言葉は、

「……こちらの魔道師は悪意に満たされている……頭から爪先まで漆黒《しっこく》よ。破壊し、踏みつけ、力をふるいたい、支配したい、そういう種類の……あららら」

「どうしました？」

「この男、〈墓暴き〉の魔道師だわ」

「は……墓……なんですか、それ」

「イスリルの魔道師の中でも、死の周辺に残されているものに形を与え、操る者たちよ。書庫で読んだことはない？」

「ありません。そんな、気持ち悪いもの……」

「古い墓を気にしているようだわ……そばに立った。呪文を唱えはじめている」

二呼吸ほどして、エミラーダはわずかに身をひいた。だが、その目は月影からそれることはなく、はるか彼方の東の地に起きていることをあまさず脳裏に刻みつづけていた。口角が下がって薄い唇がますます薄くなった。眼窩《がんか》の中で、碧の瞳は剣呑《けんのん》に鋭くなった。シャラナは心得て辛抱強く待っている。

やがて軌師は水盤を離れ、ただ両手指の先のみはその縁において、背筋をのばし、幻影を冷ややかに見おろした。怒りをのみ下すかのように喉仏が動いた。

「イスリルの魔道師は、縁《ゆかり》もない墓から、葬っておくべきものを暴いたわ」

「何か……大切な……宝物のようなものでしょうか」

「いいえ、逆よ。忘れておくべきもの、顧《かえり》みてはならないものに力を加え、おぼろな形を与えた」

「最初からその目的をもっていたのでしょうか？」

「そうは思えない。ただ、面白半分に、手をかけてみたという感じね。おそらく館の主が魔道師だったので、ちょっと悪戯を――嫌がらせをしたのでしょう。それでも起こされたものは、嫌がらせではすまない良くないものだわ。館の主を窮地《きゅうち》に追いこむほどに」

「なんてやつ……！　迷惑な……！」

エミラーダの目がやわらいだ。若いシャラナは素直に思ったことを口にする。自分がとうに失ってしまった率直さに、慰められることが多い。

「さて、館の主をどうしましょうか。放っておいても自力で解決できるかしら。それとも、少し助力が必要かしら」

「助けてあげましょう、ラーダ様！　月がまっ先にそれを視せたのだとしたら、そうせよという思し召しなのでしょうから」

「速断は危険ですよ、シャラナ。いつも言っているでしょう？　物事には表と裏がある。月の面は輝く円盤だけれど、闇の裏側もあるのだということを忘れてはいけません。……さあ、では気をとり直して、他に視るべきものを視ることにしましょうか」

シャラナは渋々姿勢を正した。それを好ましく見届けてから彼女は再び水盤にむかった。

今度春が来たら、この少女に幻視の手法を教えなければならない。月が視せる世界中の出来事に、心がうちひしがれないように護ってやらなければならない。少女は一日も早く、師の技を学びたいと願っているが、それが及ぼす心身への影響に耐えるすべを、自分は伝えられるだろうか。水に映る月面をのぞくということは、闇の裏側まで透かし視てしまうということだ。長くつづけていくと、おのれの中の光と闇の均衡がどんどん狂ってくる。長くつづけるものではない、とエミラーダは先代から引き継いだ十五年前にそう感じたのだった。もっと早くに誰かに手渡さなければならない技であったが、後継者はあらわれなかった。ようやくそれらしい潜在能力を感知したのが一年前だった。

ダルフ州の山奥の小村に、シャラナは子だくさんの夫婦の三女として育っていた。わずかばかりの雑穀と二頭の牛と十数頭の羊を飼い、樵《きこり》と狩人を兼ねてやっと暮らしている一家であった。往復十日もかかる道程を、エミラーダは自ら歩いて訪ねゆき、シャラナを譲りうけた。子だくさんの夫婦にとって、白い長衣の背の高い女は、二重の意味で女神のように思えたことだろう。神々しい婦人が、彼らが心底必要としているものをすべて用意してきたのだから。隙間風をしのぐ壁かけ、敷物、寒い寝台にかける毛布、病に重宝する薬草の袋が幾種類も。子どもたちの服用に反物《たんもの》、丈夫なセオル。よく切れる鎌、鋏《はさみ》の類《たぐい》、新しい食器、油、蠟燭。燻製《くんせい》の魚、塩漬けの豚肉、酢漬けの珍しい野草、カラン麦の大袋。

シャラナはそれでも涙を浮かべて抵抗した。森と山と丘、狼と羊と牧羊犬、牛の乳しぼりしか知らない十五歳の少女が、エミラーダの辛抱強く柔らかい説得にようやく応じたのは、四日めになってからだった。

彼女の心を動かしたのは、白繻子の長衣を着たうつくしい修道女たちの話でも、皓々《こうこう》と天空にある満月の輝きでも、州都カダーに君臨するまぶしい幾十もの尖塔の様子でもなかった。エミラーダがずっとさがしつづけてきたたった一人、世界中で彼女だけという断言、拝月教の要《かなめ》になるという権力への欲望でもなかった。シャラナの心を動かしたのは、エミラーダもかつて母であったこと、二人の子がいることだった。

「別れたとき、下の子は五歳だったわ」

とささやくと、シャラナは目の縁を赤くして尋ねたのだ。

「悲しかった?」

「胸がはり裂けそうだった」

エミラーダが思わず顔を歪めて震え声で応えると、シャラナはエミラーダの手に自分の手を重ねた。

「それでも、わたくしがやらなければならなかったの……。わたくししかいなかったので……カダーの市《まち》を支えているのは拝月教の寺院、拝月教を支えているのはほんの数人の軌師、そのうちの一人でも欠けたら、ネズミに齧《かじ》られた満月のように世界は壊れてしまう……。すでに、周りの町や村が廃墟と化してしまったように。自分の子らを護るためにも、わたくしは寺にあがらねばならなかったの」

「今、幾つなの? 大きくなったの?」

「もう、すっかり。上の子は二十二歳で荷車の車輪を作っているわ。下の子は商家に嫁入って、もうお母さんよ」

「お孫さんにも……会えた？」

エミラーダは哀しげに微笑んだ。

「年に一度はね」

シャラナはしばらく沈黙した。わが家の暮らしと、子育てを奪われたエミラーダの境遇とを比べているようだったが、やがて顔をあげ、彼女を見あげた。

「わかった。一緒に行ってあげる。でも、それは、拝月教の冷たいお寺のためなんかじゃなく、まだ胸がはり裂けそうなあなたのためよ」

あのときのシャラナのつぶらな黒い瞳を思いだすたびに、瞳の奥にある穢れのない無私の心を決して犯させてはならない、と決意が新たになる。

気をとり直して水盤を再びのぞきこむ。月の面はわずかに乱れたかと思うや、たちまちどこか遠方の景色を映しだした。しかし、ローランディアの幻影のときとは異なって、すべての輪《りん》郭《かく》が曖昧《あいまい》にぼやけている。まるでその場所と現在《いま》のエミラーダのあいだに、強い風が横吹きに流れているかのように。まだ起こっていないものを映しだすときに、こうした特徴があらわれる。

「シャラナ、未来の報《しら》せです」

あらたまった口調でそう告げ、意識を集中させる。

「……とてもたくさんの人々が、それぞれに武器を手にしてどこかに押しよせている。……ああ……町かしら、昔の砦《とりで》かしら。襲われて……人々と、よくよく統率された軍団が戦っているわ。百人と千人」

そこで息を切ったのは、血飛沫《しぶき》や手足の飛ぶ場面だったからだ。水面が一瞬揺れて、直後には砦を奪った人々が、より強固に改築している姿があらわれた。それからは一呼吸ごとに断片がつづいた。

「長《おさ》の手にはまっている指輪。狐の紋章がある。コンスルの軍人らしき男よ。そばにいるのは……、ううん、よく見えないけれど、どうやら魔道師のよう……。さて、それからまた別の幻《まぼろし》。古い剣が生きかえる……白く高い塔は……ここのものではない、形が違う、カダーではないわ……それから、複雑に編まれたうつくしいタペストリー。うつくしい結び目でできた……さっきの湖館の魔道師が手に取っているわ……おや、今度はどこかしら。あれは何かしら。碧の宝石。見事な、大きくて少しだけ歪《いびつ》な……手に取っているのは……わたくし？」

突然、水面がはねた。まるで月影から小さな生き物が飛びだしてきたかのように。エミラーダはとっさに一歩退いたが、硬く冷たいものが眉間にはじけ、しばし目がくらみ、立ちつくした。

「ラーダ軌師……？」

近寄ろうとするシャラナに、手のひらを立てて大丈夫と示す。目をしばたたき、強いて呼吸を落ちつかせたが、頭の中に小さな火のようなものが飛びこんできたようだった。それは真紅と漆黒の、炉で熱せられた熾《おき》の欠片《かけら》に似ていた。心の月光をつき破り、深淵に一直線に落ちていき、黒い小波《さざなみ》をたてる。胸をおさえ、息をつまらせて、そのゆらぎが去っていくのを待った。しばらくしてようやく、平穏をとり戻したエミラーダは、そっと息を吐き、目をあけ、大気と月光を吸いこんで、何事もなかったのだとおのれに言いきかせた。

なんでもないわ、ちょっと水滴がはねただけ。——そして挑戦の炎の欠片となって心の闇に入っただけ。

……馬鹿な！　それだけ、などということがあろうか！

彼女は挑むような視線を、天空の月にむけた。そして、十日の月、妊婦の月、約束の月の面に、うっすらとした影を認めた。そこには、これまで数百回と眺めていながら意識にのぼらなかった形があった。——剣《つるぎ》の形。

ひそやかな溜息《ためいき》と共に、肩を落とす。そう。以前から感じとってはいた。コンスル帝国の零落、荒廃、混乱と暴力と貧窮《ひんきゅう》、死の影が黒い鳥のように滑空し、翼をひらめかせ、炎と黒い灰が飛び散っていき、それがますます広がっていく。黴《かび》のように蚕食《さんしょく》し、辛うじてもちこたえている市や町をも呑みこみ、呑みつくしていく。滅びの時は近い、とイルモア女神の神官は叫ぶだろう。恫喝《どうかつ》するように両手をあげるその背後で、神殿の屋根が落ち、壁は崩れ、柱は倒れるだろう。わが拝月教の伽藍もしかり。飢えた人々、自暴自棄の若者、すがりつく信者によって、うつくしき乙女のごとき白い尖塔はことごとく犯され、折れて廃墟と化す。最高軌師の教えも、水盤の月の予言も、青い夜空に冴えわたる月の光も、霧と散り、夢幻《ゆめまぼろし》にすぎなくなる。

「ラーダ軌師、大丈夫ですか？」

剣の影が、シャラナの声で消えうせた。エミラーダはその若々しい黒い瞳の中に、いまだ輝く秋の冴月を見た。まだよ。自分に言いきかせる。まだ、あきらめはしない。まだ、道はあるはず。その道は――。

月光をまとった一筋の銀の糸が、さっき視た幻と幻をつないだ。軍人あがりの男、生きかえった小さな剣、約束の結び目、湖館の魔道師、それから、碧の石の結晶。五角形をなし、星の形にはりつめた蜘蛛《くも》の巣の、中心に立つのは、……このわたくし？

予言者には自分自身のことが視えないという。エミラーダは、このとき自身の立ち位置を確信した。こうした予知は一生に一度しか与えられないことも知っていた。わたくしの最後の役目、と胸に決意を落とさざるをえない。苦難の道を人は茨にたとえるが、これから彼女の歩む道は、茨どころではすまないだろう。闇の炎に焼かれ、月光に貫かれ、おのれをずたずたに切り裂くことになるかもしれない。それでも、彼女は瞬時に覚悟を決めた。

「ラーダ軌師？」

眉をひそめるシャラナの肩に手を置いて安心させ、その耳元からあふれてくる若さをすくいとった。天中に座した十日の月の、喜びと期待に震える歌声とからめる。手のひらの上でおぼろな形をなしたそれに静かなる呪文をそっと吹きかけると、小指の先ほどの金の鳥となった。極小でありながら、一人前に翼をはばたかせ、針ほどの嘴《くちばし》で明るくさえずる。

「お行き……！　そして連れておいで！」

エミラーダの命令にうれしげな返事を響かせて、頭上高く舞いあがったと思うや、流星のようにどこかへ飛び去った。

数呼吸してから、シャラナが身じろぎした。

「ラーダ軌師……はじめて見ました。あれが、ラーダ様の魔法ですね……」

うっとりと呟くのへ、エミラーダは肯定も否定もせず、ただ微笑した。

「あの鳥、なんというのでしょうか」

軽く頭をふったのを、わからない、と読んだのか、好きに呼んで、と解釈したのか、シャラナは黙ってうなずいた。

エミラーダは踵《きびす》をかえしつつ、シャラナ、と少女を呼んだ。

「はい……？」

「次の春なぞ待ってはいられないわ」

「……？」

「明日から、水盤の月読みを教えます」

「エミラーダ様……!? でも、それは、規範に反しているのでは？」

「規範など、糞くらえよ」

「エミラーダ様！」

ついぞ耳にしたことのない悪罵《あくば》が、師の口をついて出たことに、シャラナは仰天したようだったが、そんなことにかまってはいられない。

「招き人に相まみえる前までには、すべてをあなたに伝授しなければ」

「招き人とは……？　さっきの鳥が招く人、ですよね」

小走りに追いながら、シャラナが尋ねる。拝月教の軌師ともあろう者が、まるで男のように大股で進みながら叫ぶ。

「ええ、そうよ！　彼にはわたくしの助けが必要。わたくしには彼の力が必要。そういうこと！」

「彼、ですか。男の人……」

「彼はローランディアから来る魔道師、あの湖館の主よ」

3

灰色の霧がたちこめて、湖も森も形をなくし、あるのは湿った薪からたちのぼる青い煙が哀しく一筋。

「おい、リコ。起きろ。起きてくれ」

おれはセオルを身体に巻きつけ、震えながら掘ったばかりの炉をつつく。グラーコは毛布の山にもぐったまま、くぐもった呻《うめ》きをあげた。マーセンサスも袋からオスゴスの切り身をとりだしながら起きるように促すが、

「嫌じゃ、寒い。あったかくなって朝飯の用意ができたら呼んでくれい」

とさらに毛布の中に身体をちぢこめる。

「だからその、あったかくする火のつけ方を、知りたいんだよ」

「前に教えたじゃろうが」

「何年前の話だ。忘れちまったぜ。おい、起きろ。朝飯も食えないぞ」

朝飯も食えない、が効いたのか、リコはぶつくさ悪態をつきながら、もぞもぞと頭と両手だ

けを出した。枕元の小袋の一つを選っておれの方に放ってよこし、ヤドカリさながらに、またすぐひっこむ。束の間、突きだしていた両腕はまるで鶏の脚の骨、はげちょろけの頭に数本残る白髪がそれぞれ勝手な方向に折れ曲がって、あれも寝癖というのだろうか、なぞと興がりながら小袋を拾いあげた。

「なんだ、それは」

マーセンサスが切り身に小枝を刺しながら、横目に尋ねる。

「食い物でもねぇ、火口でも焚きつけでもねぇ。こんなときにお勉強か」

羊皮紙の切り落としを束ねたものを一瞥《いちべつ》して、そっぽをむく。このご時世に、読み物もへったくれもない、腹の足しが最優先だろうが、と唾を吐いた。おれはそれには返事をせず、一葉一葉手早くめくって目あての一項を見つけた。火勢を増し、長保《も》ちさせる方法。あまりに多種多様の魔法を使うので、一つ一つが忘却の櫃《ひつ》にいつのまにか押しやられてしまう。その予防策がリコの記録だった。この相棒が筆記して残しておいてくれるからこそ、おれの魔法も効率よく働かせることができるというもの。

とりだした紐を記録に従って結んでいく。端を固結びにした二本を右回りに十二回ねじりあわせ、残ったもう一端も固結びにする。そうしてできた縄全体であやつなぎを作り、いぶっている炉に放りこみながら、冥府の女神《イルモア》と美の女神《イルモネス》の双子神に祈る。この二神——特に、イルモネスの方は、リコをお気に入りにしてくれているらしいから……なんでしなびた洋梨爺さんがもてるのかは常々不思議に思っているのだが——効き目はたっぷりだろう。くすぶる炉床に目をこらして息をつめていると、いきなり炎がはじけた。思わずのけぞるそのあいだにも、勢いよく薪をなめる火の歌が聞こえてきた。そっぽをむいていたマーセンサスが、おお、ついたか、と喜んで、枝串を炉の周りに立てはじめる。現金なやつ。

ようやく熱を放射しはじめた火の上に、二人おおいかぶさるようにして暖をとる。薬缶《やかん》の中の葡萄酒も、香ばしい匂いをはなちだした。

「そういえばな、前から聞きたい聞きたいと思っていたんだが」

と古くからの友は首を傾けて右頬をあたためながら口をひらいた。

「おまえのその魔力はどうやって身につけたんだ？　ミドサイトラント、ダルフ、ローランディア、キスプ、エズキウムと渡り歩いたが、どこをさがしても、おまえのようなテイクオクの魔法を操る者は一人もいなかった。それは、生まれついてのものなのか？　それとも、誰かに教わったのか？」

おれは胸をせりだして、肺のあたりが熱くなってくるまで待ってから答えた。

「世に言う魔道師ってのは大抵生まれついての力がそなわってるよな」

ふん、ふん、とマーセンサスはうなずく。

「その半分くらいは血筋か。あとの半分も、先祖がえりとか、前世の力をそのまま今生に持ってきたとか言われているが。おれの場合は、祖母方の母親の兄貴、つまりは大々伯父からの遺産、みたいなもんかな」

マーセンサスは大杯に半分ずつ葡萄酒を注ぎ、一つを手渡してよこした。芳香を味わいつつ一口すると、ほんのりと酒精が体をめぐっていくのを感じた。

「大々伯父ヨブケイシスは、おれのひいばあさんの兄貴だ。ひいばあさんがつれあいを早くに亡くしたとき、何かと面倒を見てな、あの家を建てるときにも五分の一くらい援助金を出した人だ。ケイス大伯父から、おれは魔法のきっかけを学んだのかもしれんな」

「あの家は、大々伯父さんが建てたのか！」

「建てたのはひいばあさんだ。おもしろい感覚をもった人だったな」

マーセンサスはなるほどなるほどとうなずいた。イスリルとコンスルとローランディア古来の風趣をあわせて調和させたあの建築様式を、何と呼ぼうか。ひいばあさんは一種独特の感性を身につけていた。

「で、その、魔法のきっかけっていうのは……」

「ケイス大伯父は〈北の海〉の漁師でな、水路沿いにたまに内陸までやってきては逗留《とうりゅう》していくんだ。おれが小さい頃は、毎日のように舟に乗せてくれて、魚捕りを教えてくれたんだ。湖なんぞ海に比べたら地上と変わりないっていつも海を自慢しながらな」

ケイス大伯父のことを話すのは難しい。大いなる恩義と矮小《わいしょう》なる慕情が同居している。憐憫《れんびん》の隣に厭《いと》わしさが腰をおろし、さらにその隣では嫌悪が竜巻《たつまき》になっている。竜巻が掘った地面には罪悪感がうずくまり、罪悪感のむかい側では、墓に入ってくれてほっとしている自分がいる。だが、それをマーセンサスに語っても仕方がない。理解できないだろうし、理解してもらおうとも思わない。ケイス大伯父は、ある部分でおれの闇を広げた。おれに憎むことを教え、憎しみがときとして制御不能となることを知らしめた。

魚の切り身をひっくりかえすために手をのばした。マーセンサスは辛抱強く待っている。

「幼いときは、かまってくれる大伯父が好きだった。あれこれ世話を焼いてくれ、世の中のことを話してくれた。もっぱら人の悪口だったが、その中からおれは世界を学んだのさ。魚網の作り方や繕《つくろ》い方、舟の漕ぎ方、潮の読み方、天候の予知、そういったものを手とり足とり、そして、やるからには容赦なく完璧にってな。……で、魔法のきっかけっていうのが、網の継ぎ目を結んだり繕ったりするときに、針を動かしながら呪《まじな》いをする、それだったのだろうと思っているよ。その網で湖に出ると必ず大漁になった。ばかでかいオスゴス、水蛇、アカイワナ、オオマスなんぞが舟に積みきれないほど獲れた。大伯父は〈蒐《あつ》める者〉だった。魔道師、とまではいかないが、ちょっとばかり魔法の大気にふれた男だったんだろう」

「その、網の繕い方から、おまえの紐結びが生まれたってことかぁ」

感じ入ったように言うマーセンサスが、葡萄酒を自分の杯に注ぎたした。

「おい、そっち、焦げるぞ」

指摘されて、足元の切り身をひっくりかえしていると、寝床からリコがやっと這いだしてきた。ちゃんと焼けたらしい一切れを、おれの手からかすめとって一口頬ばり、熱さに口を丸めてはふはふ言った。

「食い意地の張った爺さんだなあ」

と苦笑いするおれのもう片方の手から杯をひったくり、喉を鳴らして空っぽにする。おかわりじゃ、と偉そうに突きだすのへ、マーセンサスも首をふりつつ、熱い葡萄酒を薬缶から注いだ。

「ゆっくり食え、リコ。誰も取らんから。むせたら大変だ」

栗鼠《りす》さながらの頬をしながら、リコはうなずいてみせる。同じ年寄りでも、こっちのリコは大伯父とはまったく違う。日頃偉そうにしているのはときおり癇に障るが、心の礎《いしずえ》になっているものが雲泥《うんでい》の差だ、と思う。ケイス大伯父は金剛石《こんごうせき》なみに硬くて頑な石を抱いていた。一見金剛石だが、内部には青黒くうごめく何かを飼っていた。リコの方は、軽くて薄っぺらに見誤る白い石を礎にしている。どんな色にも染まり、どんな形にも変化し、どんな彫刻を施しても見栄えのする雪花石膏《アラバスター》のような石。

ケイス大伯父が死んだとき、少年のおれの目にはやたら年のいった人に映ったが、数えてみれば、六十五か六十六歳くらいだった。その大伯父より二十近くも年寄りのリコの方が、柔軟で若々しく好ましい。年をとるのだったら、リコのようにとりたいと常々思うくらいだ。

「……それはそうと、これからどうする?」

切り身にかぶりついて、もぐもぐやりながらマーセンサスに相談する。八十を超したリコを、野宿の毎日にさらしたくはない。

「丸太小屋くらい、建てるか。それとも、もうちょっと奥まで足をのばしてみるか」

湖沼地帯のあちこちには、気まぐれに建てられた古い小屋がうっちゃられている。腐ったり破損したりしている板木や丸太をとりかえれば、一冬をしのぐことくらいはできるだろう。

「うん、そっちの方が一から造るよりは楽かもな」

おれの思考を読みとったように、マーセンサスが同意した。リコが食べ終えるのを待って、野営の撤収をはじめた。炉に石をのせ、荷物をまとめて舟に積み、セオルを羽織る。相変わらず霧が濃くたちこめて、足元の岸辺の水がようやくわかるような視界の中、舟を押しだした。荷物のあいだにちんまりと座ったリコに、寒くはないかと問いかければ、寒いに決まっとるじゃろ、と嚙みつかれる。嚙みつく元気があるのはいいことだ。にんまりとして、櫂《かい》を一漕ぎ二漕ぎしただろうか、突然、北の方から風が吹きつけてきた。霧がゆっくりと払われていく。行く手に、枝分かれしている水路がうっすらと浮かびあがってきた。だが、おれとマーセンサスは舟縁《ふなべり》越しに顔を見合わせた。

「なんだ、この風は」

北から吹いてくるのにもかかわらず、肌にはりつくような生暖かさがある。いまだかつて、湖上に、この季節に、こんな風が吹いたためしはない。

思わず後ろをふりかえった。視界が晴れた来し方には、わずかに波だつ湖面と、晩秋の錦衣をまとった島々だけ。気にかかっているわが館にも、サンサンディアにも、イスリルが火を放った様子は認められない。

と思った直後に、古《いにしえ》の太鼓のような轟《とどろ》きが響いた。くぐもって、あたりを震わせ、小波《さざなみ》が次々に生まれ、舟縁に打ちよせる。

首筋がそそけだった。頭頂の毛も逆だつ。半分眠りかけていたリコが、片目をあけて迷惑そうな声を出す。

「なんじゃ、今のは……」

おれはやおら櫂を動かしはじめた。逃げろ、マーセンサス、と叫んだが、マーセンサスはすでに前に漕ぎだしていた。

「どうした、どうした」

リコが立ちあがろうとする。好奇心というのは、年をとるにつれて強くなっていくものなのだろうか。おれは唾をとばして怒鳴った。

「つかまってろ、グラーコ！」

ついぞない剣幕《けんまく》に、ここは素直に従った方がいいと瞬時に判断したリコは、首をすくめ、身をちぢめて、それでも何が起きたのか知りたいぞい、と目をきょろきょろさせた。

皮肉にも、小波がおれたちを南へと押しやってくれる。だが、あの冥府の太鼓のような物音をたてた何かも、波に乗って迫ってきていた。ミツケタゾ、と波紋が語った。ツカマエテカラメテクラウ。ホネノズイマデススッテヒキズリコンデヤル。

それがなんであるかわかろうはずもなかったが、食われてはたまらん。おそらくは、イスリルの魔道師が放った悪意の産物か。あいつらなら面白半分にやりかねん。逃げきることは無理か。

「リコ……！」

「ひょえっ。なんじゃいっ」

「気配を断つとか、目くらましとか、進路を阻むとか、足止めするとか、ないかっ」

「おお！　そうか！　ちと待っておれ。袋は……袋は……これは違う、これも違う、おっ、あったあった、これじゃこれじゃ」

おれは肩越しにちらりとふりかえりつつ、渾身《こんしん》の力をこめて舟を漕ぐ。気配はなお近くなってきたが、姿はまだ見えない。マーセンサスは早くも水路際にたどりつこうとしている。リコは袋の中からひっぱりだした羊皮紙の束をとっかえひっかえしたあとに、ようやく求める一葉を発見して歓声をあげた。

「喜ぶのはあとにしてくれっ。どうだっ？」

「迷路を作るってのでいいかい？」

「おお、上等だっ」

リコはほんの少し頭をそらすようにして読みあげる。おれは櫂を放り投げ、懐《ふところ》から紐のかたまりをとりだし、赤、黄、青、灰色、茶色、緑、橙《だいだい》、薄紅の八色を選ぶ。どれも指の長さから手のひらの長さまで、おれの小指の半分の太さであらかじめ切ってあるのは、いざというときにすぐ使えるようにだ。事前の準備をちゃんとしていると、こういうときに慌てずにすむ。一回だけの結び方で、八色の紐をつなげていくが、迷路になるよう、無茶苦茶につないでいく。赤の尻尾に青がつき、青の結び目に灰色を通してその中央に橙を結び、橙の尻尾に赤の先端をつなぐ、といった案配《あんばい》だ。手早く八色で作りあげたのは、ぐちゃぐちゃにからまってほどけそうにもない紐玉だ。

波が舟に打ちよせてくる。まるで一列に並んで体当たりしてくる水蛇のような光景に、一瞬気を奪われる。リコが大きく揺れる舟縁にしがみついて、早うせい、落ちる、落ちる、とわめく。おれは気をとり直し、イルモネス女神の名をまじえた呪文を短く唱え、紐玉を放り投げた。思いっきり遠くへ投げたつもりだが、軽すぎた玉は、追い風に押しかえされて、舟尾のすぐ後ろに力なく落ちた。おっと、これはまずい。

櫂を拾いあげて慌てて一かき、二かきする。そのあいだにも、紐は水の上で広がっていく。蔦《つた》がその蔓《つる》を縦横無尽にのばすように、百匹の長虫が思いっきり身体を急伸させるように、赤の紐などは数十本の足をのたくらせる蛸《たこ》さながらだった。舟尾にとりつこうとする茶色と黄色は女郎蜘蛛《じょろうぐも》の脚にそっくりだった。おれは必死に櫂を動かし、リコは湖中に響きわたる悲鳴をあげつづけた。自分の魔法に自分がかかったら目もあてられん。マーセンサスに十年はからかわれるぞ、と汗だくになりながら思っていた。

あと四漕ぎかそこらで水路に逃げきれそうだった。マーセンサスはもう水路の中にいて、応援してくれているが、笑いがまじっている。おれは歯をくいしばって、いつかあいつをやりこめてやる、と誓う。

と、また波が走ってきた。今までの波など、水たまりにできた波紋かと思うような、広がりと勢いのある黒い波が、疾走してくる。高さはおれの背丈の半分ほど、それが湖の左右に何馬身分もの幅を作って押しよせてくる。傍からは、大した高さとは見えないだろう。だが、小波程度でも横揺れを起こすのだ。あれが襲ってきたら、舟はあっという間に転覆する。

舟首が水路の入口にさしかかった。黒い波は魚網のように迫ってきた。緑の紐からのびた蔓の先が波に呑まれた。次いで青の長虫、橙の陽光、灰色の坑道、蛸の足の赤、と消えうせ、舟尾間近にある茶と黄色の蜘蛛の脚にふれた。舟底がもちあがる。リコの頭の上に黒い波がおおいかぶさる。

その刹那《せつな》、時が止まった。ほんのわずか、ひゅっと息を吸いこむよりもずっと短い瞬間、波は空中で動きを止めた。おれは波の正体を目にした。おれの作った紐玉など児戯に等しかった。それは、まったくでたらめに編まれた魚網で、解きほぐすことのできない数千の結び目をもっていた。おれはひどく懐かしく、そして怖ろしいものと相対していた。再び首筋が冷たくなり、髪の毛が逆だつ。

舟は惰性《だせい》でなめらかに進み、完全に水路に入りこんだ。凍りついていた波は、飴のように反対側に曲がった。かつてミドサイトラントに放浪していたとき、彫刻の天才と謳《うた》われた男が、期待されることへの重圧で、自棄《やけ》になって創ったという戦神の像を見たことがある。頭部が胴体に逆むきについていた。胸や背中から手足が生え、奇妙な方向に折れ曲がっていた。黒い波もあの石像のように、あらぬ方向に波頭をもちあげ、旋回し、飛沫《しぶき》を散らしながら湖の上に落ちた。

おれはつめていた息を大きく吐きだした。つっぷしていたリコが、まだぐらぐら揺れる舟の上でなんとか顔をあげた。

「ど、ど、どうなったい?」

「迷路の魔法にかかった。ふうっ。やれやれだぜ」

リコは洋梨頭をそろそろと荷の陰からもちあげた。

「ひょえええ。こりゃ、なんというか、ううううむ……」

絶句するのも無理はない。湖面は浅瀬にはまった小魚の群れが暴れているかのようにわきたっていた。その沸騰《ふっとう》のあちこちで、泡が浮いてははじける低い音がしていた。泡がはじけるたびに、水草と魚の腐った臭いが風に乗って鼻をつく。おれはその悪臭の中に、懐かしい臭いがまじっていることに気がついた。恐怖がよみがえってきて、慌てて櫂を動かす。

水路をしばらく進んでようやく、おれとマーセンサスは舟を漂うに任せ、一休みした。

「あれは、イスリルの魔道師の仕業か？」

舟縁から手足をはみださせ、大の字に仰向けになったマーセンサスが、曇り空に呟《つぶや》いた。おれは両手で顔面をごしごしこすりながら、ああ、と答えた。

「多分な。墓を暴いて良くないもの、忘れ去られるべきもの、あからさまにしてはならないものを故意に起こす魔道師がいるんだ。死体を扱うプアダンという魔法があるが、それともちょっと違ってな、形のないものに形を与え、悪意で利用する」

「なんでそんなことを」

「おのれの中にたまった闇を吐きだす手段さ。相手を闇に沈めて喜ぶ。自分のように這いあがれるか、って挑戦してくる」

「侵略するだけではあきたらんのか」

「そういう悪意の輩は、どこにでもいるだろう。おまえだって、さんざん見てきたろう？」

あははあ、とマーセンサスは口だけで笑った。

「何年かサンサンディアで暮らしてしまったら、厄介な連中のことなんぞすっかり忘れていたなあ。まあ、別の意味で厄介なやつに囲まれてはいたけどなあ」

「おい、グラーコ！　聞いたか？　おまえのことだぞ」

放心の体の老人を元気づけようとした。リコは一呼吸おいてから反応する。

「なんじゃと？　わしだけじゃあるまい。一番厄介なのはエンスの方じゃろう」

「わしだけじゃないってか。自覚はあるんだな」

「にゃ、にゃにおう？」

厄介な爺いだと、と指さして笑ってやる。マーセンサスが尋ねる。

「もうあいつは大丈夫なのか？　あとは襲ってこないか？」

「迷路にはまってしばらくは」

そう答えてから、束の間目にしたあれの正体を思いだしてつけ足した。

「……あいつは水と関わっている。水のない場所なら安全だとは思うが――」

「水のない場所？　ありえんじゃろ」

「砂漠とか、岩山とか？」

「地底に水路が流れていて、地表にあらわれる場所では安心できんな」

はあ？　とリコが素《す》っ頓狂《とんきょう》な声をあげ、何を言っとるんだ？　とマーセンサスが小さく批難を含んだ口調で聞きかえす。それに対してはおれは肩をすくめただけ。

「迷路にはまって、それっきり見失うってことは？」

とマーセンサスが敏捷な動きで起きあがった。

「そうなってくれれば一番いいんだけどな」

口を濁してそう言ったものの、ありえないことだとわかっていた。

「ともかく、なるべく水辺から離れるにこしたことはない。……この先に、燻製《くんせい》小屋があったろう。ほら、キワンおばさんの」

マーセンサスも櫂を握った。

「おお。キワンおばさんに厄介になるか」

「今度は箒《ほうき》で掃きだされんように、身を慎めよ、マーセンサス」

「あれは、おまえも悪いんだぞ。遠慮もへったくれもなく、人んちの酒蔵空っぽにしやがって」

「際限なくおかわりをしたのはどこの誰だい」

互いに罪をなすりつけあいながら、心の中では唇を噛んでいた。

過去が起きあがった。じきに追いついてくる。


おれたちは昼過ぎに、キワンおばさんの小屋のある小島に上陸した。梢《こずえ》を透かし見て、燻製作りの煙をさがしたが、この季節ならどこからでも見えるはずの白煙を目にすることはできなかった。

岸辺に舟をあげ、なるべく水から離し、持てるだけの荷物を担いで獣道《けものみち》に分け入った。色づいた枝葉を押しわけて登り下りをくりかえし、リコのために何度か休憩した。

もうそろそろ小屋が見えてもいい頃だ、と最後の休憩から立ちあがろうとしたときだった。どこからか小さな光の玉が飛んできた。一直線に、まるで流星の欠片のように。しかし流星とは異なって地面とほぼ平行に飛んできたそれは、おれの頭上に張りだしていたニセアカシアの枝にぶつかった。ニセアカシアの枝にくっついていた大繭蛾《オオマユガ》の卵が、その拍子に枝からはずれた。

流星と卵は一緒に落ちてきて、おれの手のひらに受けとめられた。いや、おれが受けとめようとしたのは光の玉だけだったのだが。蛾の卵なんぞ、気色悪いではないか。しかし意に反して、二つ並んでおれに救われてしまった。光の玉は小指の先ほどもない小さな鳥で、そいつが健気にぴちゅぴちゅ何やら訴えてくるので、ついそっちに集中しているうちに、あろうことか、卵の殻《から》が破裂した。蛾はごめんだ。蝶も見ているだけならいいが、あの胴体は願いさげだ。ましてや蛾の翅《はね》なんぞ、勘弁してくれ。光の鳥もそっちのけでふり落とそうとした目に、茶緑色の蜥蜴《とかげ》が映った。蜥蜴か。蜥蜴なら許す。孵《かえ》ったばかりの子蜥蜴は、やはりどこか弱々しくて頼りない。短い足をよたよたさせながら細長い頭を健気にふりたてた。チビのくせに、一人前のふりをする。思わず見とれていると、眠そうに目蓋《まぶた》を下げた。その直後、驚くべき素早さで、目の前でさえずっている光の玉に飛びかかり、あっ、と声をあげたときにはもう、ごくんと呑みこんでしまっていた。おいおいおいおい、金の小鳥を餌にしちまったぞ。生まれたてでまだ皮膚が薄いせいだろうか、蜥蜴の喉元から順に腹の方へと光が動いていくのがわかった。せっかくおれのところへ飛んできただろうに、ろくに見もしないうちに食われてしまうとは、哀れなやつ。かといって、この小さな蜥蜴に、吐け、と魔法をかけることもしたくない。

と、好奇心にかられてそばに立ち、一部始終を見ていたリコが、感心したような声をあげた。

「ほほう」

何が、ほほうなんだ。

「エンス、こやつ〈思索の蜥蜴〉じゃ」

「なんだ、それは」

リコはきゃひひひ、と半ば揶揄《やゆ》を含んだ笑いを発し、

「おまえがあんまりものを考えないから、かわりに考えてくれるつもりで生まれたんじゃろうよ！」

「おれのかわりにものを考えるぅ？　この小っさい蜥蜴頭が、か？　なんだかわからんが、光り輝いてありがたそうな魔法の玉を、なんも考えずに呑みこんじまったんだぞ」

「〈思索の蜥蜴〉は珍物じゃぃ。なんでも満月に照らされた小石が好物だという話じゃ。きっと、それとまちがえてしまったんじゃろう。なにせ、生まれたてじゃ」

「それで？　わからんことに答えてくれるのか？　悩んだときに教えてくれるのか？」

「悩みなんぞ、なかろうが！」

リコは簡単に笑いとばした。

「わからんことは山の木の葉の数よりも多いとしても」

う、とつまった。リコの言うとおりだ。だが、

「ならば、こいつが一体何の役にたつっていうんだ」

あいている方の手で指さして息まいた。手のひらの上で身体を動かすその感触が心地良いのを無視しようとした。だが、視線を落としたそのとたん、そいつの目と合ってしまった。漆黒《しっこく》の、黒曜石さながらの瞳の奥に、光の玉が生きていた。小さき二つのものが溶けあって、黒曜石は月光のような輝きを発し、月光は影をまとった薄衣のようにはためいている。

蜥蜴は甘えた声で鳴いたが、それは光の鳥のさえずりにそっくりだった。そして、もうそれでおれの陥落を感じとったのだろう、実に素早く手首から肩まで駆け登った。おれの首根と肩のあいだに身を落ちつけたときには、生まれた直後の二倍の大きさになっていた。

マーセンサスが荷袋を放ってよこしながら言った。

「まあ、何はともあれ魔道師に魔法の蜥蜴、いい組み合わせだ」

右手と左手、左足で袋をそれぞれ受けとめてからおれは答えた。

「だとしたら、何の符丁《ふちょう》だよ。これは偶然か？　それとも誰かの企みか？」

蜥蜴をつぶさないように気を配って荷物を背負い、マーセンサスとリコのあとについた。杣《そま》道《みち》を、去年の落ち葉をかき分けるようにしてしばらく行くと、キワンおばさんの燻製小屋がようやく見えてきた。だが、小屋は使われなくなって久しいらしく、屋根からこけら板が半ばずり落ち、石を積みあげた煙突は崩れかけ、扉の蝶番《ちょうつがい》が壊れて風に鳴っていた。

「キワンおばさん、どこかに行っちまったか」

「うん。もっと奥地に移動したか」

階《きざはし》を鳴らして敷居をまたいだ。柱や床、壁は丸太造りの頑丈さでおれたちを迎えたが、屋根のあちこちに穴があいており、吹きこんできた木の葉や枝、魚や肉の匂いに誘われて獣が物色したあとが残っていた。倒れた椅子の端に、茶色い毛がひっかかっているのを、マーセンサスがつまみあげた。彼が黙ってさしだしたのを見て、おれもリコも、躊躇《ちゅうちょ》なくまわれ右をした。冬眠前の熊に訪問されるのも、ご挨拶申しあげるのもごめんだった。

重い荷物を担いで、舟のところまで戻った。仕方がない、水路を奥へと進んでいくしかない。午後も遅くなっていた。雲の切れ間に藍《あい》色が広がっていく。秋の森は、影となるところと炎があがったようなところの対照も鮮やかに、重厚な楽音を奏ではじめる。幾筋にも分かれる水路は、その反映にゆらめき、ときにまぶしく、ときに鈍色《にびいろ》に沈む。

南に行けば、樵《きこり》小屋に行きあたるかもしれない。先に避難した誰彼がもう住処《すみか》と決めたかもしれないが、一夜の居候は許してくれるだろう。大男二人だけなら、警戒もされようが――マーセンサスとリクエンシスの名を知らないサンサンディアの住人だっているのだ――ひょうきんを絵に描いたようなリコが一緒なら、一泊くらいの同情は得られるに決まっている。

それをあてにして、マーセンサスは舳先《へさき》を南の水路にむけた。おれも舟をまわそうとすると、耳元で蜥蜴が鳴いた。

「ニシ、ニシニイク。ニシヨ、ニシ！」

その声はまさにあの小鳥の光の粒子となって、頭蓋骨の中で跳ねまわった。まるで言いだしたら聞かないやんちゃ坊主だ。目がくらみ、思わずしゃがみこんだ。

「ど……どうした、エンスっ」

リコの慌てた声が、水の中で叫ばれたように感じる。動くこともままならず、しばらくじっとしゃがみこんでいると、光の粒子は頭のまん中で数百にはじけて消え去った。かたくなった身体がほぐれたのは、蜥蜴の鼻先が耳たぶをつついたからだった。リコが舟底を這うようにして身を乗りだしてくるのを押しとどめ、大丈夫だ、と呟き、先を行くマーセンサスがリコの叫びでふりかえるのへ、手をかえし、右の方向にむけた。マーセンサスは舟を戻してきた。

「おい、冗談だろ？」

と言うのへ、ようやく頭をあげる。

「ど、どうした、その顔……！」

「顔？」

「いきなり目がひっこんじまって、頬がこけてるぞ。真っ青じゃないか？」

頭の中で光が跳ねまわれば、眼窩《がんか》も窪もう。おれは肩口の蜥蜴に首をまわした。

「今度しゃべるときには、離れてしゃべってくれ。耳元でわめくのは、二度とするな」

叱られても、さすがは蜥蜴だ（何のことだ）。無表情にしれっとして、それでもよたよたと肩山の方に少し退いた。

「ニシ、ニシ、ニシニイクノヨ！」

反対側にとっさに首を傾けたので、粒子は空中に浮かび、そこで砕けた。マーセンサスは瞠《どう》目《もく》し、リコはうれしげな笑いを響かせる。

「西へ行け、と言っとるぞ」

「南に行くのが正解だと思うんだが」

「ニシニイクノ！　ニシヨ！」

おれがのけぞるように首を傾けるのを見て、マーセンサスは溜息《ためいき》をついた。

「まあ、南でなければならないってこたぁ、ないか。そいつが甲高い声でわめくたんびに、おまえの目がひっこんでいくんじゃ、言うことを聞くしかないか。仕方ねぇなあ」

「ニシニイク！」

わかったからきゃんきゃん騒ぐな、と手をふったマーセンサスは、その手をひょいとのばして蜥蜴をひっつかみ、鼻と鼻をつきあわせるようにして、

「どんな魔法だかしらねぇがな、悪さしたら承知しねえ。その尻尾、ちょん切ってやる」

と脅した。蜥蜴は尻尾をゆらゆらさせて、

「ダンダンネ」

と答えた。

「だんだん？」

「ダンダン、ニシニイク。ダンダン」

わかんねぇ、と投げやりに呟き、マーセンサスは蜥蜴をおれの肩に戻したが、脅しの言葉とは裏腹に、その手つきは丁寧《ていねい》で静かだった。

おれたちは舳先を斜め右に回し、暮れゆく秋の日と共に水路を渡っていった。水に反射した陽が、鋳融かされた青銅のようだった。あたりは逆に濃い影となって、曖昧《あいまい》な輪郭《りんかく》にぼやけた。光はすべてを滅却するかと思うほど容赦なく、闇は得体のしれないものを抱えながらも夜の安息を約束していた。それはほんの束の間の景色だったが、後々、目をつぶっては思いだす景色となったのだった。

4

抜けば　解呪と呼ばれたる剣
呪われし大地のことども　解き放たれ
結び目のほどけたれば
碧《みどり》の瞳のあきたれば
――バーレンの大予言　第一四章　残存する一部
カヒースの解読による

ローランディアからダルフを経て、さらに西へと進んだ広大なキスプの地の一角に、かつて都市であった廃墟が横たわっている。外壁はあとかたもなく、家々の屋根や柱は粒子の細かい赤土におおわれ、まばらに生える草木のあいだを狐や野ネズミがうろつく。かつてのコンスル帝国を知る者ならば、呆然として立ちつくしたに違いない。長寿と健康、薬と秤の神キサネシアを祀《まつ》り、帝国中から巡礼が集まって、夜も昼も光にあふれていたキサンの都が、赤い大地に灰色の骨をさらしているのでは。

かつての栄光を辛うじて縫いとめるふうの神殿でさえ、半ばで折れた幾本かの円柱と、それをかばうように落ちた破風《はふ》のみが残っているという有様。だが、こうした運命を頑なに拒んで、無為なる抵抗を最後の使命と思い定める輩もたまにいるものだ。

それは白髪白髭、深い皺《しわ》を刻み、杖を使わなければ歩くこともままならない男であったが、おそらく年はまだ三十を少しすぎたばかりだろう。かつては純白であったろう神官の上衣を巻きつけ、残っている石段に腰をおろして、祝詞《のりと》を唱えていた。あたりに響くその声は、がさついて力なく、諦念《ていねん》の色を帯びていた。

そこへ、女があらわれた。二十歳ほどの、ようやく少女から抜けだして、されど嫁にいって二人三人の子もなしてあたりまえの年頃。渦を巻く赤銅色《あかがね》の髪をなびかせ、薄笑いを唇に浮かべ、男のように大股に近づいていく。男は口をあきっぱなしにして神への歌も忘れ果てた。

彼女は男の鼻先で止まり、

「〈レドの結び目〉は、どこ?」

といきなり問う。男はまだ口が閉じられない。女は短剣を鞘《さや》ごと男の目の前に突きつけて、問いをくりかえした。男の目は短剣に吸いついたままだったが、なんとか震える指をあげて肩越しに、倒れた柱と破風の奥を指した。女は得物を腰に戻し、軽やかに石段を飛びこして破風の下をくぐった。破風には浮彫が一つ、残っている。天秤の片方。

蔦《つた》がからまり、若木が細々と天をめざし、神殿床であった石片が海岸のトドさながらに日なたぼっこをしているあいだを縫っていくと、件《くだん》の結び目があらわれた。女はゆっくりと近づいていく。

彫刻を施された二本の木の柱がまず目についた。三倍も太い石柱がことごとく地に伏して埋もれているのに、その二本だけは、北方風の紋章を刻み、百年二百年の年月など嘲笑《あざわら》うかのように、頑健に胸を張って立っている。その細柱のあいだには一枚のタペストリーが広げられていた。否、タペストリーではない。近づいてみれば、紐で編んだ模様と判明する。奇数段と偶数段で結び目が異なっており、それが波のようにくりかえし、複雑な幾何学模様を織りなしている。左右の紐端はすべて柱に結ばれており、それもまた自在にからみつく蔦さながらに見ていてあきない。

後ろで足音がし、男がしゃべった。

「〈レドの結び目〉はコンスル帝国建国前夜、この地を治めていた女王が編みました。千五百年も当時のままに保《も》っているのです。驚きでしょう」

女は結び目の一つに手をふれた。何の紐を使っているのか、あるところは真紅色に、あるところは菫青色《きんせい》に、またあるところは猫の目のように黄色く、別のところは甲虫《かぶとむし》の紫、新緑の鮮やかさ、蜘蛛《くも》の巣の銀や月光の青銀、夕陽の色、大地の色に、と変化してやまない。

「端から端まで、一本の紐で編まれているのだとか。しかも、その端がどこにあるのか、どこからはじまってどこで終わるのかもわからない、と」

「知っているわ」

女は一歩退がった。

「誰もこれをほどくことができなかったことも、ね」

「これをほどいた者は、世界の知恵をわがものにする、と言われておりますな」

「呪縛をとき、すべてを解放する、とも」

薄ら笑いを深めて女は応じた。

「〈レドの結び目〉とは、後世、レドという賢者がそれをほどこうと試したことから名づけられました。彼は十年と十ヶ月と十日、挑戦した挙句、絶望して自ら生命を絶ったのです。その結び目の下で。それだけの労力を費やすのであれば、おのれの暮らしの中で尋常に努力して栄光を勝ちとれ、という教訓として、〈レドの結び目〉と名がついたというわけです」

「一説によれば」

トゥーラは頭を仰向けて、挑戦するような声をあげた。

「編み手の女王の名を口にすれば、結び目はほどける、とか」

男は彼女の無知を嘆くかのように頭をふった。

「それは真実であるかどうか。結び目がほどかれると、女王の名が明らかになり、キスプ、ダルフ、このあたり一帯にかけられた封印や呪縛がとけるとも」

「このあたりにかけられた呪縛、ね。……たとえば、オルン国の魔女封じ、とか?」

一瞬、赤銅色《あかがね》の目の片方が剣呑《けんのん》な光を宿した。男は彼女の後ろで杖にすがっているゆえに、気づきもしない。自身の知識に満足して、

「オルン国の魔女封じをとく。白塔の封印を破る。そういったことごとですかな」

ともっともらしくうなずく。

「あなたはそういったことごとを、訪れる人みんなに話しているの？」

「それがわたしの仕事ですから。この頃では滅多に訪問者もおりませんがね」

「わたしの前に、来た人を覚えている？」

「それは、もう、随分前の話ですなぁ。そう、もう、かれこれ五年も前でしょうか。キサネシアの神にもうでる変人はそうそうおりませんからねえ」

「あなたはなぜここにとどまっているの？」

「他に行くところがないからですよ。最後の一人として神殿にしがみついている男、というのもおもしろいじゃあ、ありませんか。森の方に少し入ったところに、助けあって生活している三軒の家があります。助けあい半分、いがみあい半分ですかね」

さしずめこの男は、その三軒から面倒を見てもらっている、ということか。

「そうなの。じゃあここ五年で、結び目のことを知ったのはわたし一人、ということね」

「どうです。森の家で葡萄酒でも。なにせ、みんな訪問者に飢えていますから、大喜びですよ。あ、あなたはなぜここに？　見たところ、兵士のようでも文官のようでも魔道師のようでもあられるけれど」

女は吐息をついたが、それはわがままを言う子どもに対する母親の溜息《ためいき》のようでもあった。彼女はことさらゆっくりと身体をまわし、にっこりと男に微笑《ほほえ》んだ。左手に一粒の黒ブナの実

をつまんでみせて、

「お誘いありがとう。でも大事なのは、別の訪問者にあなたがしゃべらないことなのよ」

と言い、怪訝《けげん》な顔の前で実に爪をたてた。黒ブナの実は、かたい四角錐になっており、普通であれば爪の方が折れる。だがそれは、ホウセンカがはじけるような音と共に黒い霧となって飛び散った。すると突然、男が身体を二つに折って胸をおさえ、呻《うめ》きを一声あげた。二呼吸ののちに、白目を剝いて地面に倒れた。つっぷした身体は、もう、ぴくりとも動かなかった。

女――オルン村のトゥーラはそれを平然とまたぎこし、ふりかえりもせずに呟《つぶや》く。

「ごめんなさいねぇ」

薄笑いを唇に、少しも情のこもらない口調で、

「秘密は秘密のままにしておきたいのよね。……もうしばらくは」

とつけ加える。どこにも傷のない男を森の家の誰かが見つけたならば、心の臓の病で亡くなったのだと思うに違いない。トゥーラの存在に気づく者はいないはずだった。彼女は何事もなかったように、瓦礫《がれき》に埋もれた土地を横切っていく。

「それにわたし、兵士でも文官でも魔道師でもないのよねぇ。残念、当たっていたら殺さなかったかも」

戯れ言である。どっちにしろ殺したに違いない。風を切って颯爽《さつそう》と歩く、男の服を着た彼女の正体を見抜く者がいたら、それこそが彼女の悲願を達成する助けとなる者だ。

廃墟の端で愛馬が待っていた。彼女を認めると、うれしそうに足踏みする。

「さ、帰ろうか」

軽々とまたがれば、馬はだく足で進みはじめる。手綱はほとんど必要がない。なぜか動物はトゥーラに皆懐く。トゥーラも獣《けもの》が好きだ。この馬の元主人は、兵士くずれの野盗だった。彼女の住まうオルン村――例に漏れず、帝国創成期よりもはるか以前に建設された古代都市のなれの果て――に襲ってきたとき、村長の息子ナフェサスたちと力を合わせて撃退した。ナフェサスは三人を切り殺し、トゥーラは短弓で二人を射殺し、残りの四人に傷を負わせた。今から四年前のことだ。射殺した男の乗馬だったので、トゥーラが自分のものにしても、誰も文句を言わなかった。

トゥーラは馬上でまた薄笑いを浮かべた。あれ以来、ナフェサスですら彼女には一目おいている。あの事件の前まで、同い年で同じ村に育ったにもかかわらず、二人の暮らしが交錯することは少なかった。彼女は〈星読み〉の家系の娘で、様々なことを学ぶ環境にあったし、ナフェサスは村長の次男坊で母親に甘やかされて育った。トゥーラが野盗の襲撃を予言し、ナフェサスとそのとりまきが暇つぶしに待機したときに、二人の道がはじめて交わったのだ。

村に帰りついたのは二日後の黄昏《たそがれ》どきだった。山間の、ゆるやかではあるが狭い谷を抜けていくと、秋野菜が頭を並べる畑と、カラン麦の芽が出そろった麦畑が大きく広がっている。北側は急峻《きゅうしゅん》をなしてやがて聳《そび》え立つ山々に変わる。オルン村はその山懐《やまふところ》に、雌鳥に護られる雛《ひな》の様を呈して五百軒ほどの軒をつらねている。日あたりのいい豊かな土地は、食べることを心配することのない人々を育《はぐく》んできた。

炊《かし》きの薄青い煙がたなびき、灯も一つまた一つと増えていくのを楽しみながら、あぜ道をゆっくりと進み、やがて畑と村の境にたどりつく。馬は心得たもので、そこで一旦停止した。トゥーラは深呼吸し、手綱を取り——むしろ手綱にしがみつき——唇を噛みしめて身構える。馬が一歩、二歩、と境を越える。けたたましい鳥の叫び声がトゥーラの頭の中に響く。いや、鳥ではない。女、女たちの叫び。六十六人の、魔女たちの、絶叫。トゥーラは馬のたてがみにつっぷして吐き気をこらえる。境をまたいで数歩すると、切り裂くような黒い叫びは、平穏な村の夕暮れに消滅する。

身体中の力が抜け、まだ目眩《めまい》のうちに漂っていると、暗がりから見張りがぬっとあらわれた。野盗を退けたあと、ナフェサスは村の権力を握り、傘下の若者を増やした。暴力でつながっているその絆は、まるで狼の群れのような上下関係でできている。下っ端の男たちが境界に交替で立ち、見張りをしているのだった。

「ナフェサスがさがしていましたよ」

と彼は言った。遠い篝火《かがりび》に金の髪が赤く映え、トゥーラはそれが、十日ほど前に村に流れてきたユーストゥスという名の少年だと気がついた。声変わりしたばかりの、わずかに鼻にかかったしゃべり方をする、生意気な子どもだ。

トゥーラは鼻で笑って返事もせずに通り過ぎる。大樹によりかかって、自分も大樹の一部のように錯覚する連中にはうんざりする。ではナフェサスは大樹か、というと、せいぜい青ブナの陰に生えるウツギ程度なのだけれども。

なんだい、無視かよ、せっかく教えてやったのに、とあからさまに少年が毒づくのを背中に、トゥーラは村の道をさっさと進んでいく。幾つめかの分かれ道の奥に、かつての宮城砦《とりで》を利用した村長の館が、たくさんの篝火に照らしだされている。館の広間では、暖炉に足を投げだしたナフェサスが、数人の側近たちと際限のない飲み食いをつづけているに違いない。

トゥーラは館の方には曲がらず、まっすぐに進み、わずかな勾配《こうばい》のある小路を西へとたどって村はずれの小さな家についた。村では珍しい石造りの二階建て、玄関脇に四階相当の高さの塔がくっついている。〈星読みの塔〉と呼ばれ、コンスル帝国最盛期からの文書を貯え、天体観測の機材が収蔵されている。彼女はその十何代めかの後継者として生まれ育った。

幼いときから様々な知識を得、星々の動きを読み、道具を操って計算することに長《た》けていた。そうした彼女の才能に狂喜した母が、遠方から教師を招いて厳しく教えこんだ。トゥーラにしてみれば、休むこともさぼることも許されなかった少女時代は牢獄にあることと同じであった。自由はほとんどなく、常に監視され、小言と皮肉ばかりを浴びせられた。

一昨年病に臥した母が墓に入ったときには、心底ほっとした。娘としてはあるまじきことなのだが、それが真実なのだから仕方がない。母の峻烈《しゅんれつ》な気性の一部が自分の中にも確かにあり、母への憎しみがいまだにくすぶっていることも承知している。母らしいことを何一つしてくれなかったことに対する冷たい怒りが今も青い炎をあげている。才能が日々の学習と鍛錬《たんれん》によって開花し、今自分の中で紅の盛りを迎えているものの、それを母のおかげだと、感謝したくはない。唯一無二の少女時代を、村の女の子たちのように普通にすごすことができなかった恨みは、決して感謝には変化しないだろう。時がたって、年老いたとしても。

トゥーラは、普通の少女たちのような考え方や感じ方ができなくなってしまった自分を、歪《いびつ》に変形した冷酷な殺し屋だと思っていて、開き直ってそれを受けいれている。でなくば、生きていけないからだ。

また、周りの者は彼女に一目おくが、自分がそんな価値のある人間だとは少しも思っていない。卑下しているわけではなく、自分のような〈星読み〉など、世界中に数多《あまた》といると知っているからだ。星の動きの法則性を記した五百年前の研究者や、千年前の月の満ち欠けを算出する方法をあみだし、千年後の日食まで予測した天文学者を知っているからだ。

知識に関していえば、不思議なことに、もっと様々なことを知りたい。同時に、世界を丸呑みにする大蛇がどこかにいるというのであれば、彼女はその大蛇になりたい。ナフェサスのような、力をふるう者にも惹かれる。自分もあのように力をふるって、わずらわしい細々とした障害を一掃できたらどんなに心地が良いだろう。ナフェサスに近づいていれば、そうした思いを遂げることができそうな気がした。

馬の世話をしてから塔の前へ歩いていくと、母屋の玄関があけっぱなしで、暖炉の火が見えた。扉の陰から父が顔を出した。

「四日もどこへ行っていた。早く飯を作ってくれ」

それには返事もしない。塔の玄関から階《きざはし》を登る。

「おいっ。おれの飯は？　水も少なくなってきたし、薪もないぞっ」

無視して階段を四階まで駆けあがる。奥歯を噛みしめて息も切らさずに聖域に逃げこみ、扉をしめ、閂《かんぬき》をかける。父が四階まで登ってくることはないはずだったが、完璧なる安心のため。

父は母とは対照的に気が小さく、依存心の強い男だ。母が亡くなってからは、トゥーラを頼りにしていた。半年くらいは、喪失の嘆きを慰めようとして、父の願うとおりに動いた。だがだんだん気持ちが追いこまれていき、ナフェサスに愚痴《ぐち》るようになった。するとある日、ナフェサスが天井をむいて哄笑したあと、

「そりゃ、おまえの父ちゃん、おまえを自分の母ちゃんと勘違いしてんだぁ」

と言い放った。トゥーラは瞠目《どうもく》した。

「父ちゃん、年なんぼだ。四十七？　そろそろお迎えが来てもおかしくはねぇ年だぁな。男ってのは、年とってくると、母ちゃん思いだして甘えたくなるんじゃねぇの」

「……あんたにそんな洞察力があるとは、思ってもみなかったわ……」

「洞……ドウサツ……？　なんだ、そりゃ。……そりゃともかくとして、おまえ、母親がわりにされてんだぁ。おれにはなんか、すごく一所懸命に、まじめに、父ちゃんの言いなりになろうとしてるように見えるぜ。へっ！　こりゃおかしいわ！」

トゥーラが母親？　考えらんねぇ、とつづけて大笑した。そばでにやついていた側近の二人も横から口を出した。

「おやじさん、その気になりゃ、水くみも草むしりもやれるんだろ？　自分で立って歩けるんだろ？」

「あんたにそれ全部させて、一日中何してんだ？　おれの祖父ちゃんなんか、もう七十近いけど、麦踏みには行くわ、薪はしょって帰ってくるわ、隣のおばちゃんにちょっかい出すわ、元気なもんだぜ？」

彼らに軽く殴られたような気分だった。ナフェサスが卓上を滑らせてよこした杯を傾けて、一気に葡萄酒を流しこんだ。

「そうだったの……!?」

音をたてて杯を置くと、どっと笑いが渦巻いた。彼らの揶揄《やゆ》も、孤独だった少女時代をすごしてきた身には、仲間の証《あかし》のように思われた。

「〈星読み〉は強盗の予測はできるくせに、自分のことは見えねぇ！」

そう揶揄されても、トゥーラはそれが真実だとわかっていたので、怒りを覚えることもなかった……。

塔の下で何やら一言二言、父が叫んだようだったが、彼女はかまうものかと肚をすえていた。明日、父の生命が消えるかもしれないと思って世話をやいてきたおのれの愚かしさよ。人の寿命などわかるものではない。そして、父の生き死にに、自分が責任を負うことはない。父の人生は父の責任だ。いとも簡単に、人は殺したり、殺されたり、災害や流行病《はやりやまい》で死んだりする。暖炉の上や厩《うまや》の陰や、陽光に照らされた野面の上にさえ、死の影が躍る世の中だ。怖れていてどうするのだ。

父はあきらめたようだ。トゥーラは大卓前に腰をおろした。半ば巻きあがっている大きな羊皮紙の隅に、川原で拾った石を文鎮《ぶんちん》がわりにし、計算尺とペンを持って中断していた星読みの作業を再開する。半円、三角、長くまっすぐな尺を組みあわせ、縦横に動かし、数字を書きとめては計算し、羊皮紙の中央に円と記した太陽と月の通り道と星々の位置を確かめる。星の流れ落ちる速さで思考が働き、手の動く様は激しい踊りのよう。

一刻、二刻など瞬く間にすぎ去った。彼女の手が止まったのは真夜中、満月が中天にかかろうとする時刻だった。羊皮紙の、星々の動きを定めた円の外側に、他者では読めない細かい字が書きつけられていた。

トゥーラは身を乗りだして円内の星々を確かめ、次いでペン先で外側の字をおさえ、しばらく考えこんだ。理論上はそうよ、と独りごちる。

「机上ではこうなった。でも——」

——しかしトゥーラ嬢、何事も最終はおのれの目で確かめることが肝要。

少女のとき、はるばるネルラントから流れ来た無名の天文学者が、ここの、この場所で、同じようにペン先で当時の星図をつつきながら言ったのだった。その学者は三日ほど滞在してまたどこかへ去っていった。彼の風体も容貌もおぼろにかすんでしまったが、指の関節に深い皺が何本も刻まれていたこと、それを照らす蠟燭《ろうそく》がほのかなジャコウ草の香りを漂わせていたことは、はっきりとよみがえってくる。

トゥーラはペンを放りだして立ちあがり、観測用の、毛布のようなセオルをさっと羽織ると、屋上に駆けあがった。

満月が皓々《こうこう》と青銀の光をふりまき、村の屋根や村長の館、周囲に広がる畑や林をくまなく照らしていた。空も月の威光に灰色にかすんで、見えるのは〈巨人の目〉と〈竜の牙《きば》〉といった大きな星々ばかり。

それでも彼女は、〈王の拳《こぶし》〉の先端が西の地平線に沈みかけているのを認めた。それはちょうど、大地を殴りつける角度だったので、薄笑いが浮かんだ。翻《ひるがえ》って東の空高く、満月の航跡に、うっすらと輝く〈狼の口〉が〈眠りの冠〉座から流れてくる星々を呑みこんでいるのを確かめる。毎年晩秋の今頃、流星群は決まって〈眠りの冠〉から吐きだされるが、〈狼の口〉に入ることはなかった。ところが今年は、二呼吸に一個、また一個と狼は星をむさぼる。数百年に一度か二度の稀なる出来事は、解釈が難しい。それでも調査を積み重ね、ある仮定を横から、上から、斜めから検証してきたトゥーラには、確信をもたらすものとなった。

〈眠りの冠〉はかつての大国の支配や遺物を象徴する。〈狼の口〉は武力をもつ者、新しい覇者、あるいはならず者の長《おさ》をあらわしている。流れる星は、そう、むろん、権力の移譲を示す。茫漠とした予言は、もう一つの予言に照らしあわせれば、トゥーラの仮定にぴったり符合する。

勝利の笑いを高らかに夜空に響かせ、セオルを翻して再び部屋に戻った。星図の上方に、かつてさがしあてた文言を書きつけてある。それはこれまで、期待をこめて何度も朗誦してきたもので、一言一句頭に入っている。それでも、いま一度、指でなぞって確かめないではいられない。

「王冠の星／狼呑みたり／膨らみたる腹／夜の女の／呼びならわせたるカエンダンと／冬の前／輝ける者のとき放つべし」

〈バーレンの大予言〉と伝わる十二巻の巻物の一部に、〈オルンなる地への道標〉と題した項目を発見したのは、九歳か十歳のときだった。自分の住まう土地に対する予言だったので、俄《が》然《ぜん》興味がわいてさらに調べると、バーレンという男は一三二三年に生まれ一三八〇年に没した〈星読み〉で、その一生をネルシート州の片田舎でおえた偏屈者だったらしい。没後、予言がほとんど当たっていることに驚愕したとある学者によって、十二巻の膨大な書に整理編纂された。そのたくさんの写しが、天文学者や〈星読み〉の手に渡り、星の動きを読みとく際の一助となっている。バーレンは二十歳のときに、五年後に起こるエズキウム大戦を予言し、亡くなる三年前には、帝都を実質壊滅状態に追いこんだ宮廷魔道師きょうだいの大乱や、イスリル国の内乱を予言した。十二巻にも及ぶ予言の中には、当たらなかった事象も多くあるが、彼の死後五百年にまで及ぶ記述は、トゥーラに驚喜の戦慄をもたらした。

学者の補稿にあるように、〈バーレンの大予言〉は読解が難しい。文節の位置が逆になっていることが多く、暗喩《あんゆ》や象徴がちりばめられている。彼女が星図上方に記した文言も、わからない者にはさっぱりわからないに違いない。「膨らみたる腹／夜の女の」は、満月のこと、「呼びならわせたるカエンダンと／冬の前」というのは、「カエンダンと呼ばれる土地に、晩秋に」。さらに「輝ける者のとき放つべし」は、カエンダンと呼ばれる土地に何があるのか知らなければ、何の意味もなさない。そしてその意味を大きな視野へと導くのは、もう一つのオルンにまつわる予言が関係している。長い年月をかけて、書物と天体と地図を相照らし、実地訪問を重ねて、ようやくぼんやりと先が読めたのは、ここ一月《ひとつき》のことだった。トゥーラは昂《たかぶ》る胸に手をあてて、小さく喜悦の叫びをあげた。

もうじっとしてはいられない。悲願成就のためにならなんでもする。平気で人殺しもしてきたし、仲間を利用することだってやってのける。

トゥーラは再び旅の支度をした。合切袋に雑貨を放りこみ、しっかり着こんでセオルを羽織った。大卓の上はそのままに——必要な事項はすべて頭の中に入っている——部屋を出て、錠をかける。父親が気まぐれにのぞいたりしないように。

塔をおりて地下室に行き、飲み物と食糧を調達する。裏口から厩へ。眠っている馬をひきだすときには、さすがに申しわけなく思った。やさしく語りかけて、手綱をひいて歩きだす。

月は少し西に傾いていたが、夜道に枯れかけたネコジャラシの穂を薄金に浮きあがらせていた。冷たい山の気が月光の中にしみだしている。

吐く息が白く輝き、すぐに消える。彼女の足は速まり、村の大通りを夜の魔物の影さながらに滑っていった。

大通りを左に曲がり、なだらかな坂を登れば、村長の館の篝火が、さすがにこの時刻では熾《おき》になって真紅に瞬いていた。玄関脇に寝こけていた見張りの少年に馬の手綱を渡し、重い両扉を勢いよく引きあけ、ずかずかと広間にのりこんでいく。相手が礼儀を気にしないことはよくわかっていた。

暖炉前に両足を投げだして高鼾《いびき》のナフェサスにたどりつくまでに、床につっぷす猟犬三頭と、酔いつぶれている側近五人、転がる杯、骨の残り、りんごの芯や柿のへたをまたがなければならなかった。

ナフェサスは頭を剃りあげ、顔の髭は三分に残した小柄な若者で、一見、非力な使いっ走りに見える。だが、トゥーラが椅子の脚を蹴ると、即座に目をひらいた。充血しているものの、油断のない鋭い光を発する。それでもその金壺眼《かなつぼまなこ》は、相手がトゥーラだと知ると、心持ちやわらいだ。

「何でぇ、やっと来やがって。気持ちよく寝てたのを、起こしやがる」

身体に似合わない太いだみ声で、文句を言う。

「起きて。セオル着て。コエンドーに行くわよ」

「へ……？　何言ってやがる。今、夜中だぞ？　コエンドーってどこだ？」

トゥーラはその足裏をもう一度蹴ってから、身体をまわして叫んだ。

「ほら、全員起きる！　水でもかぶって酔いをさまして！　遠出の準備をするのよ。着替え、食糧、野営道具！　馬もひきだして！」

ぶつぶつ不平をこぼす者、四つん這いになってえずく者、頭をかきかき恨めしげに見あげる者、その誰もがナフェサスそっくりに頭を剃り、髭は三分刈り、むきだしの肩や手の甲、二の腕にいきがって入れた刺青《いれずみ》は、胴体をのばしたりちぢめたりする山猫や山犬、蛇。

「さっさと動け！　のたくたしていると、火のついた薪が飛ぶよ！」

とたんに飛び起き、青い顔、赤い顔で右往左往しはじめたのは、それが冗談ではないからだ。彼女は、口にしたことは、必ずやる。火のついた薪が飛ぶといったら、必ず飛んでくる。

トゥーラは再びナフェサスにむき直った。

「ずっと前に教えたこと、覚えてる？　コエンドー、古い名ではカエンダン、州境を越えたキスプのはずれ。〈覇者の剣〉」

ナフェサスは両腕を椅子の肘に落とし、両足をのばしたまま、彼女を見あげた。

「ああ。確か、一度行ったことあるよな。おめぇとオーノとおれの三人で。あんときゃ、三人ともまだ小っせえガキで、戻ってきたときにゃ、おふくろに泣かれた泣かれた」

「十五のときよ。小っせえガキ、っていうほどじゃなかったわ」

ナフェサスは自分の母親に対する溺愛のほのめかしには、敏感に反応する。金壺眼をかっと剝いて、素早く立ちあがった。立ちあがると彼女と大体同じ背丈になる。鼻と鼻をふれあわんばかりにして、

「おふくろを侮辱すんな」

と唸る。トゥーラは平静を装って答えた。

「覚えているくらいは大きかった、ってことなんだけど」

ナフェサスは鼻を上にむけ、ふん、と言った。

「〈覇者の剣〉、か。……で、それがどうした？」

「あんたにいろんな理屈を語っても仕方ない。結論だけ言うとね、今夜から三日のあいだに、〈覇者の剣〉が抜かれるってこと」

暖炉で炎がはじけ、それを合図にしたように、ナフェサスが呼吸を止めた。数呼吸、手下たちが動きまわるのを聞いてから、トゥーラはつづけた。

「そしてそれは、オルンの地に関わる者がなす」

「……星読みで、そう出たのか？」

「そうよ」

「あの、なんとかいう大予言者も、そう言ってんのか？」

「ちゃんと、符合してる。何度も確かめた。剣を抜くだけの権力をもったオルンの地に住む者。……と、いったら、あんたしかいないじゃないの」

ナフェサスの、黒に金の光の走る、小さい目がせわしなく動いた。

「……今夜から三日のあいだ、だって？」

「だから急ぐのよ！」

「コエンドーまで、一日半かかる」

「あのときは子どもだった！　今はおとなでしょ？　馬で行けば明日の晩にはついているわよ！」

よし、とナフェサスはやっとうなずいた。学問や論理には興味がなく、親しんでもこなかったこの村長の息子は、それでも駆け引きや権力をめぐる心理や理屈には長けている。〈覇者の剣〉を抜くことができれば、彼を指導者とみなす者が格段に増えるだろう。近隣の村々からだけではなく、遠い州外からも彼の支配と支配がもたらす潤沢な富を求めて荒くれ者どもが集まってくる。そうした者たちを率いて、名を馳せれば、国家建設だって夢ではない。

そしてトゥーラには、ぜひともこのオルン生まれの乱暴者に、剣を抜いてもらわねばならない事情があった。彼女の考えに重きをおいてくれるこの男なら、操るのは難しいことではない。そう、気心の知れている幼なじみなら。だが、ナフェサスの方でも彼女を知りつくしている。あくまでもさりげなく、自然に必然性をもって誘導するべきだ。〈覇者の剣〉と名づけたのはトゥーラ自身である。そう、箔をつければ、ナフェサスをその気にさせられると踏んでのこと。

「地図はもったか?」

壁のセオルと剣をひっさらうように取りながら、ナフェサスは叫んだ。トゥーラは戸口の方に大股に歩きながら叫びかえした。

「わたしの頭の中にね! 一度通った道を忘れることはないわ!」

トゥーラはナフェサスとその手下七人をひきつれて、月下の野道を案内した。広間でひっくりかえっていた連中の他に、村の入口の見張りをしていた少年ユーストゥスもついてきたが、誰も気にとめない。騎馬行についてこられるとは思っていなかったからだ。

月が沈みかけると、雲と共に暁闇《ぎょうあん》がやってきた。彼らはすでにそのとき、ダルフとキスプの州境の谷間に足を踏み入れるところだった。三馬身ほど幅のある川沿いの斜面を登る前に、馬を休ませ、自分たちも喉を潤《うるお》した。川は薄闇の中に、小さな波頭をかすかにひらめかせ、枝に残った木の葉が乾いた音をたてていた。甘い晩秋の香りの中に水の匂いが嗅ぎとれた。木立はすっかり見通しがきいて、カシやシイやニセアカシアの幹と幹のあいだを影のように移っていく狐や鹿の姿も遠目に映った。

平たい川原石や岩の上に、めいめい腰をおろしていると、ユーストゥスがふらつきながらも追いついてきた。手下の一人が嘲笑《ちょうしょう》して、飲み水はいくらでもあるぜ、と片手を川の方にふった。だがその笑いの中には、わずかな驚きが同居していた。手下どもは口々に、きかん気の少年をからかった。誰もが途中で脱落すると思っていたので、純粋に少年を褒める者は一人もおらず、からかうことで彼をおとしめようとしていた。ただでさえ生意気な新入りに大きい顔をさせてはなるものかと考えているのだった。

対する少年の方は、気のきいた科白で相手をやりこめていた。黙って水を飲み、休む性質《たち》ではなかった。トゥーラは彼らのやりとりを、いつもの薄ら笑いを浮かべて聞いていたが、年長の男たちより少年の方がはるかに頭がまわることに感心していた。

改めて少年を横目で観察すると、いろいろと興味深いことに気がつく。悪目立ちしている金の髪をリトン神殿の神官のように耳の上で切りそろえ、春の空色の目はきれいに澄んでいる。目尻が少し垂れ下がっているのが愛嬌か。十四歳にしては小柄だが、骨太の身体つきで、なるほど夜どおし走りつづけてこられるだけの体力を蓄えているようだ。身体に対して手足は不恰好なくらい大きく、これから背丈は栗《くり》の木のようにのびていくだろう。

育ちはつるんでいる連中とほとんど変わらない。治安の悪くなっていく村か町で、運命の流れにおしつぶされそうになった両親から見はなされ、あるいは自ら見はなし、州から州へと放浪し、裏切りと欺瞞《ぎまん》に首までつかって今日を生きのびることだけを考え、なりふりかまわずしがみつけるものにしがみついて生きてきた。トゥーラやナフェサスとは違うが、殺伐とした心は多かれ少なかれ同じ。彼らがナフェサスに従うのは、寝食を与えてくれるからだけではない。彼らの怒りを共有しながらも、ナフェサスには小さな灯が灯っているからだ。それは母親に甘やかされて、辛うじてついている弱々しい灯であったものの。

一行はまもなく出立した。ユーストゥスは鼻にかかった声で、もう出発すんのか、と文句たらたらだったが、誰もとりあわなかった。ついてくるのなら止めないが、落伍しても顧《かえり》みない、ということだ。

いつのまにか谷間に入った道は狭く険しく、次第に山の中へと分け入って、滑りやすくなっていた。今年と去年の落ち葉の下には湿った土が横たわっているらしく、一行はやがて馬に乗るのをあきらめて、手綱をひいていくしかなくなった。おかげでユーストゥスの方は、楽々とついてきた。

吐く息から白さが消え、雲間から束の間、朝の光が射しこんできた。それはほとんど真横からのびてきて、木立や岩の影を長くするのだったが、道が正面へと移動する頃には、再び雲のむこうに隠れてしまった。

川は彼らと共に流れてはいたものの、その水音も匂いもはるかな崖下となって届かなくなった。ヤドリギのひねこびた蔓《つる》が垂れ下がり、一頭の馬の額を軽く打った。いなないて後退りし、あやうく引き手もろとも転落しかかる。素早く手をさしのべてなだめたのはユーストゥスで、騒ぎがおさまったあと、「やつを連れてきてよかったじゃないか!」と誰かが引き手を揶揄した。もごもごと言い訳を口の中で呟くのに対して、

「お礼はいいよ。あとで食い物、分けてくれたら」

とユーストゥスは大声であてこすった。先を行くトゥーラは笑みを深くし、ケンソンってものを知らねぇのか、おまえは。そんな食えないもの、川底に転がして十年たつぜ、とやりあうのを背後に聞いた。

峠の上で一休みし、大蛇のようにうねる道をおりていくと、青ブナの森が地平線までつづくキスプの森林地帯に入る。あちこちに小川が流れている。緑白の苔《こけ》と土から青ブナの根が盛りあがり、地面のいたるところにはりめぐらされている。

「こんなに鬱蒼《うっそう》としていたか?」

横に並んだナフェサスが、足元に目をこらしながらトゥーラに尋ねた。

「昔はもっと、こざっぱりしていたと思うんだがな」

トゥーラは嘆息した。

「ナフェサス。木は育つ。森は大きくなっていく。それに、わたしたちはもう少し小さくて、身軽だった」

「馬を連れてきたのはまちがいだったかもな」

「かもね。でも後悔したって仕方ない。突き進むしかないのよ」

倒木を大きくまわりこみ、ぬかるみを跳ねこす。枝の上で猛禽《もうきん》の鋭い声が響く。

「こっちの方角でまちがいないのか？」

「峠の上で見なかった？　森の上にわずかに突きだしている塔を見てなかったの？」

ナフェサスは首をすくめた。

「そういうのは、おまえに任せてる」

「やあれやれ」

これみよがしに溜息をついたとき、ユーストゥスが隣に割って入ってきて、あのう、と口をはさんだ。ナフェサスがむっとして横目で睨《にら》むのにもひるまず、

「ねえ、ちょっと、いいかな。教えてほしいんだけど」

と言う。

「なんだ、ひよっこ」

「〈覇者の剣〉をナフェサスさんが抜きにいくんだよね」

「そうだ」

「それって……何？　抜くと、何か、いいことがあるの？　あぁ、そうだよ、もちろん皆に聞いたよ。尋ねたさ。でも、皆、おれをからかってばっかりで、ちゃんと教えてくんないんだ。だから、ナフェサスさんに直接聞いた方が早いかなって……そう、思ってさ……」

トゥーラは目を上にむけて、ナフェサスに任せる、という合図をした。彼は自慢できる機会がめぐってきたと悟って、たちまち機嫌をよくした。

「おう。〈覇者の剣〉ってのはな、そいつが突きたっている盛土から抜いた者が、王国を創るってぇ噂の剣だ」

「え……王様になる、っていうの？」

「それはオルンに伝わっている昔の伝説でな。王国ってのはオルンのことだって思われてる。おれたちはおまえと同じくらいのとき、一回試した。だけど、子どもは相手にされなかったらしい。あんときはだめだったが、今日はな。このトゥーラが〈星読み〉の力で透視したんだ。今日、このおれが、剣を抜く、ってな」

「それって、……すごいね！　うわぁ、ナフェサスさんが王様かぁ。すごいなぁ！」

心からの尊敬をこめて感嘆するので、ナフェサスはいい気分になったらしい。

「それがよ、大昔も大昔、千五百年も前に、このあたり一帯を治めていた女王が……名前はなんていったっけ？」

とトゥーラに尋ねる。トゥーラは、

「名前は伝わっていない」

とそっけなく答える。

「そうか。名はわからんそうだが、その女王様が、大地にその剣を突きたてて、そう約束したとか。な？　そうだよな？」

「へぇえ。千五百年も前の話！」

「千五百年前、コンスル帝国の支配がまだ及んでいなかった時分のことよ」

トゥーラは補足した。ナフェサスはそういうことにとんと興味を示さないが、この好奇心旺盛な少年なら、彼女の中に溜まったものを少しは聞いてくれるかもしれないという期待があった。無意識に自分の一端でも理解してくれる者を求めていたのだろう。

「キスプの東側――かつてキサンと呼ばれた都市からこのコエンドー、さらにダルフの全土をその女王は支配していたと言われている。彼女の治世は三十年に及び、キサンもオルンも、穏やかな繁栄を享受した、と。でも女王が死ぬと、その王国はたちまち衰退し、やがてコンスルがやってきた。女王も王国も忘れ去られてしまった」

「ふうん……じゃあ、ナフェサスさんが剣を抜いたら、王国の再来ってことになるんだね！」

尊敬と憧憬《しょうけい》のまなざしをむけられて、ナフェサスはすっかり心をゆるした。少年の頭を鷲づかみになでまわす。それからの道行きは、ナフェサスに懐いた子犬を、手下の六人が睨みつける構図で終始した。

トゥーラは彼らに嘘を教えていた。抜けば王になる、という予言はまったくの捏造だ。そうでも言わなければ、ナフェサスははるばるここまで来ようとも思わなかっただろう。剣を抜けるのはたった一人、それは真実だが、抜いたからどうなるというものではない。抜いた剣が必要なのだ。それと、おそらく――抜いた者の血が、少しばかり。それも明確なわけではない。だが、やってみるしかない。罪悪感など感じている余裕はなかった。

昼前に、剣のある場所にたどりついた。まだ葉の落ちない青ブナの鬱蒼とした森のあいだに、ぽっかりと草地があいていた。手前には、岩棚から滴《したた》りおちる水が泉をつくり、背後には八階建ての四角い白い塔が、立てかけられた巨大な棺さながらに、蒼然とした面《おもて》を見せていた。件の剣は、草地に盛りあがっている土塚のてっぺんに突きささっていた。

一行は泉のそばに馬をつなぎ、塚を囲むように近づいていった。千五百年たっているにもかかわらず、黒々とした土の表面の墳墓は、少しも風雨や草木に損なわれることなく、円い完璧な形を保っていた。剣は柄の根元まで土中にあり、その柄はいかにも王者の剣らしく、蔦模様の彫金と碧玉《へきぎょく》が象眼《ぞうがん》されて、こちらも少しも歳月を感じさせない。ただ、手下が口々に、これが？　こんなのが？　とあやぶみ、ユーストゥスが、「小っせえ！」と遠慮のない叫びをあげたように、その柄は手のひらにすっぽりおさまってしまうほどで、土中にある刃の方も、王者にふさわしい長剣ではなく、剣というのも恥ずかしくなるような短いものであろうと思われた。

彼らの毒づきと懐疑の言葉がおさまるのをひとしきり待ってから、ナフェサスはもったいぶって塚にあがった。

「トゥーラ、今抜いていいのか？　それとも、月を待つべきなのか？」

笑いとばすように尋ねた声音《こわね》とは裏腹に、その小さい目がひきつっている。

「芝居がかりたければ待ったら？」

と、抜かれればそれでいいトゥーラは、冷ややかに答える。ナフェサスは右手を天にのばし、運命をつかみとるような仕草をすると、かがみこんで剣の柄に手をかけた。勝利の笑みと共に、引きぬこうとした。が。

これまで数多の男女が手をかけた剣は、これまで同様、びくともしなかった。ただの盛土、長い年月を経て確かに岩と化してはいるものの、くわえこんで離さぬほどの頑なさを持つとは思われぬ。

ナフェサスには面子《メンツ》がある。事を成就させようとしばらく必死に試みた末、わめき声をあげて両手を天にかかげ、トゥーラにふりかえった。

「どういうことだ！　はるばるここまで来て、恥をかいただけかっ」

頬まで真紅に染めて、拳を突きだす。トゥーラは可能性を考えめぐらせる。怒りに目がくらんで、ふらつきながら墳墓からおりてきたナフェサスは、返事次第では彼女を殴りかねない。一歩でも退いたら襲われるだろう。そして彼がトゥーラに手をかけたなら、そのあとは手下たちが——。

トゥーラは喉元にせりあがってくる恐怖を、強いて薄ら笑いに変えて、両手を広げた。

「ならばやっぱり、月の出を待たなきゃならないってことでしょうよ」

ナフェサスは足を止めた。二人のあいだに薄い透明な壁ができていた。トゥーラはつんと鼻をあげ、腰の袋をそっとまさぐった。黒ブナの実を爪にかけて待った。見えない壁が割れれば、黒ブナの実ははじけ、すべてはそこで終わるだろう。もしかしたらナフェサスが倒れ伏し、男たちがうち騒いでいるあいだに逃げられるかもしれない。

「おれ、なんだな？　まちがいなく？」

ナフェサスは親指を自分にむけて金壺眼で彼女を睨む。

「オルン住まいで力のある者。他に誰がいるっていうの？」

反問すると、ナフェサスは背筋をのばした。

「おい、みんな！　月の出まで待たなくちゃならんのだとよ！　火でも焚いてあったまろうぜ！」

おおぅ、と男たちの半ば安堵の、半ば気が抜けたような声が響いた。さっそく大きな炉が掘られ、落ち葉と枯れ枝が重なったものに火がつけられると、ナフェサスは全員に枝を拾ってくるように言いつけた。

彼らがぶつくさ言いながらも薪の調達に出かけると、トゥーラは袋から食糧を出して火の周りに並べた。大きなチーズのかたまり、先週焼いた丸パン、葡萄酒の革袋。

草地のあちこちで、男たちがふざけあって叫びをあげている。トゥーラはそれを聞きながらチーズを切り分ける。炉の反対側では、ナフェサスが腰をおろして彼女を凝視している。

「なあ、トゥーラ」

としばらくしてから彼は口をひらいた。

「なんで、おまえは、おれにあの剣を抜かせたいんだ？」

トゥーラは束の間手を止め、視線をあげずに再び動かしながら、何気ないふうを装った。

「なんでって。あんたは、ほしくないの？　王になりたくないの？」

「それはおれの都合だろ？　おまえの都合じゃ、ねぇ」

「あんたが王になったら、皆、喜ぶと思ったんだけど」

「この前の四日間、どこに行ってた？」

「ちょっと遊びにいってたのよ」

「どこに、遊びにいってたんだ」

トゥーラはナイフをチーズのそばに置いた。金壺眼を見かえす。

「わたしはあんたの女房でも恋人でもないんだけど？　どこに行こうが、わたしの勝手でしょうが」

「おまえたち親子を昔ながらに住まわせてやってんのは、おれだ。あのみみずみたいな親父を養ってやってんのを忘れるな。おまえが〈星読み〉の才をおれに役立てないんなら、とっくの昔に追いだしてんだぞ」

「だからあんたの役に立とうとしているんでしょうが！」

そう噛みつくと、ナフェサスは、う、と言葉につまって少しのけぞった。

「〈星読み〉の読みとるものが正確かどうかを確かめるには、あっちで聞いたりこっちで調べたりしなきゃならないのよ。それを一々あんたに説明しろっていうの？　曲尺《かねじゃく》と定規と星図使って、予言書十冊も広げて、ご説明してさしあげましょうか？」

ナフェサスの目から底光りが退散した。二人の男たちが腕の太さほどの生木をひきずってきて、炉にくべた。幹皮が火の粉をはねかし、次いでしゅうしゅうと白い湯気をあげはじめる。

二人はそれを一本伐るのにどんなに大変だったかをナフェサスにまくしたてる。ナフェサスは両手をあげて降参し、

「わかったわかった」

と叫びかえした。

「そんなら、落ちている枝をひとかかえずつ拾ってこい。そうみんなに言え。それがすんだら昼飯だ」

歓声をあげて走り去っていくのを眺めてから、ナフェサスはゆっくりと立ちあがった。

「あの塔は、そのなんとか女王の時代のものか?」

「そうらしいわね」

ふてくされた口調でトゥーラは返事をする。内心では、月が出ても彼が剣を抜くことができなかったらどうすればいいだろうかと思いめぐらせながら。剣を抜いたときのことは何十回も考えていたが、彼ではないという仮定はたてていなかった。

「ちょっと見てくらぁ」

ナフェサスは塚を避けるようにまわりこんで、塔の中へと入っていった。彼の姿が見えなくなると、男たちが戻ってきて申しわけ程度の薪木を炉のそばに放り投げ、それぞれにふざけはじめた。図体こそ一人前の男たちだが、中身は粗暴で自己中心的なならず者の集まりなので、ナフェサスという重しがなければ、たちまち火にくべた松ぼっくりのようにはじける。虎の子のようにとっくみあい、泉の水をはねかしあい、塚に駆け登ったりおりたり、はては剣を抜く真似まではじめる。

縄張り争いをする鳥の群れさながらの騒ぎに、トゥーラはあきれて立ちあがり、馬の様子を見ようと踵《きびす》をかえしかけた。

塔の傾いだ三階の窓から、突然蝙蝠《こうもり》の大群が飛びたった。騒いでいた男たちの視線が仰向いた。塚の上で鬼ごっこをしていたユーストゥスが蹴つまずいて転んだ。転んだ拍子に、一方の踵《かかと》が剣の柄にあたった。

のちのち思いかえしても、そのたびに首を傾げるのだが、トゥーラはそのとき踵が剣にあたるこつんという、ありえない音をはっきりと聞いたのだった。

直後に、剣は銀の刃をきらめかせて宙を舞った。

誰もが凍りついた。ユーストゥスただ一人が、とっさに動いた。剣を落としてはならないと思ったのだろうか。半身をひねるように起こして、剣をつかみとった。鉤爪《かぎづめ》から離れ落ちてしまった大鷲の獲物を、空中でハヤブサがさらっていくように。

ユーストゥスは剣を胸に抱きしめ、男たちはいまだ身動きできずにいた、ちょうどそのとき、蜘蛛の巣と蝙蝠の糞にまみれたナフェサスが、悪態をつきつつ塔から出てきたのだった。

彼は剃りあげた頭をなでまわしながら数歩進み、沈黙と静止の空間に気づき、何が起きたのかを見てとった。頭頂までみるみる血がのぼっていく。小さい両目に野獣さながらの金の光が灯る。歯茎《はぐき》をむきだしにして唸った。

「き……貴様ぁ……！」

ナフェサスが冷静であったのなら、結果は違っていただろう。ユーストゥスも身をちぢこめながらも素直に、恐れいって、剣を渡しただろう。だが、村一番危ない男が青筋をこめかみにくっきり浮きあがらせて、狂牛のごとく突進してくるのを目にしてしまっては、その場にとどまることは不可能だった。ユーストゥスは狐のように跳びあがると、脱兎《だっと》のごとく逃げだした。だく足の馬と半日並んで走った足は、あっという間に森の中へ彼を運んだ。

「追え、追え、何してるっ、追いかけろっ」

ナフェサスが塚の上で拳をふりあげ、手下どもはようやく我にかえって駆けだす。

「トゥーラ！」

トゥーラも呼ばれてはじめて瞬きをした。

「あいつだったのか⁉　あいつが、予言された王、なのか？　あんなひよっこが！」

塚の上で仁王立ちになり、唾をとばしてわめく。腕をふりまわしてあたりをなぎ払い、形相も歪んで見るに耐えないほどだ。

「追いかけろ！」

「こんなことって……」

「どうでもいい！　追いかけてあの小僧っこを殺せ！　剣を奪いかえせ！　おまえのその中途半端な予言の責任をとれ！　剣を奪うまで戻ってくるな！　追いぃぃかぁけぇろぉぉう！」

こんなことが、あるはずがない。星を読み違えた、なんてことがあるはずがない。なぜこんなことになったのか。頭の中で色とりどりの星々が、嘲《あざけ》るように流れた。熱くて苦しくなる何かが、胃のあたりから喉元、首筋、後頭部へとせりあがってきて、星々とまじりあい、混沌と灼熱の坩堝《るつぼ》を作る。

彼女はふらつきながらも愛馬に近寄った。今できることは一つ。ナフェサスの言うことは、今度ばかりは当たっている。彼女の思惑を成就させるには、ともかく、あの少年を捕まえて生命を奪わなければならない。剣を取りかえさなければならない。解釈の再考はそのあとだ。彼女が鞍上《あんじょう》に飛び乗るや否や、心得た馬は駆けはじめた。

冬のはじまりを告げる冷たい風が吹きだしていた。

5

道々、ずっと化物をやっつける方法を模索していた。歩きながらリコの書きつけをめくって、あいつに対抗するすべがないか、さがしつづけた。ローランディアの湖沼地帯は二日の行程の背後に退き、香わしい雑木林の杣道《そまみち》を登って下った。湿地帯のぬかるみに足をとられ、早くも白銀の冠をいただいて聳《そび》えたつ急峻《きゅうしゅん》の麓《ふもと》をみじめに這い進みながら、真剣に記憶をたどり、浮かびあがってきたものすべてを心の中でつないでみては試し、試しては落胆する。

おれだって魔道師のはしくれだ、呪いの紐結びだってやることはやるが、それはおれの気性に合わない。気にくわないことがあったら、まずは理論武装でいく。それが面倒なときは拳《こぶし》を使う。意外に、後者の方があっさりと片付き、あと腐れのないことが多い。マーセンサスなどは剣一本で世間を渡ってきたのだ、魔法も持たず。この、旧《ふる》き友を心から尊敬するのは、世間に対して常に真っ向勝負の姿勢を崩さないからだ。口ぶりは皮肉に満ちているが、それは彼の言葉遊びのようなもので、本心ではない。

だが、イスリルの魔力を帯びたあの化物には、マーセンサスの剣もおれの拳も用をなさないだろう。これは直感。直感を馬鹿にしてはならん。生きのびていくには、危険を察知する能力と、敵を知ることが必要で、それには五感六感を総動員しなければならない。

敵の正体か。おれは、周りの人々を敵と味方に分けようとは思わない。銀戦士のように、はなっからこっちを葬り去ろうと構えている連中は別として。大抵の人（あるいは人でない存在も）は、語ればつながる（殴りあってつながったことも）。ともかく、こちらの胸襟をひらいて対すれば、なんとかなる。むこうがこっちを嫌っていようが、おれは懐《ふところ》を底なし沼にしているから、一歩足を踏み入れたら悪態も罵詈《ばり》雑言《ぞうごん》も全部どこかに沈んでしまう。けれどもあの化物は違う。あれは漆黒《しっこく》の悪意によって目覚めた何かで、おれの懐に入ろうとはしない。入れたいとも思わない。あれはおれの核を損なうもの、おれを打ちのめすものだ。だから、古い恐怖を感じる。得体のしれないあいつの正体がわかれば、対処することができる。本当は、あいつを起こしたやつと対峙すれば、即座に正体を察知できるのだが、その前にこちらがやられてしまうだろう。

頭をかきむしりたい。どこがはじまりでどこが終わりかわからないねじれ紐のようじゃないか。

湖沼地帯をあとにして三日め、ダルフ州に入った。土質が赤みを帯びた粗いものに変化し、植生も絢爛《けんらん》たる雑木林が少なくなって、ニワトコや銀松《チャーキー》、黒ブナに変わった。風は心なしか乾き気味の肌を刺すものとなり、ローランディアに秋をおいてきたのだとリコがうまいことを言った。

そう言うリコの口調には、疲労がにじんでいた。本当にくたびれ果ててしまうと、疲れた、腹減った、腰が痛い、足がつる、などの訴えが皆無となる。こうなったら要注意だ。年寄りの不具合は死に直結する。スノルヌルの件で充分学習していたおれは、ともかくリコがゆっくり休める場所を早く見つけなければと焦った。

起伏の多い森から林へ移り、小さな崖崩れで赤土がむきだしになっている下を歩き、馬の丸い尻のような丘の上まであがると、視界がひらけた。盆状の平地が足元に横たわっていた。

「ここはぁ……」

とマーセンサスが背中の荷物をゆすりあげてから呟《つぶや》いた。

「一度来たことがあるやもしれん。見覚えがあるぞ。前は西の方、反対側から入ったはずだ」

平盆をぐるりと低い山稜《さんりょう》がとりかこんでいる。ほぼ中央に、湖というにはおこがましい——湖沼地帯に生まれ育った者の目には、湖には絶対見えない。水たまり、と蔑みたいところだが、人格を疑われそうだから沼ということにしておこう——沼が、灰色の空を陰気に映していた。幾筋かの小川が流れこみ、流れだし、冬野菜を植えた畑や牧草地を潤《うるお》している。ところどころに黄色や紫の秋花も残っており、白い山羊《やぎ》や羊、牛馬の背中が彩《いろど》りをきわだたせている。晴れた日であったなら、点在する赤石屋根の家々——壁はクリームの色、窓枠は紅色——とも相まって、しっとりとした心地良い景観を披露してくれただろう。

「ここは昔、火山の口だったんじゃろうなぁ」

おれがおろした荷の上に腰を落ちつけたリコが、ほっとしたように大きく息を吐きだした。

「火山……？」

「火を、噴くのか？」

大男二人がいささか怖じけづいて聞きかえすと、ああ、いい風じゃ、と乏しい髪の毛をそよがせてから、

「火山じゃった。火を噴いてから、もう長い長い時がたっとる。ほれ、周りの山が、ぐるりとしておるじゃろ、あれは火山の縁なんじゃ。そうして見ると、どうじゃ、ここが平たいのは、火口に土砂が積もったとわかる。千年や一万年ではない。その十倍、あるいは百倍の時がすぎて、外輪の山も草木におおわれて、穏やかあな大地となっておるんだろうのう」

マーセンサスが感心した。

「爺さん、さすがは物知りだなぁ。無駄に年とっておらんぞ」

「おぬしの二倍を超して生きておればこそじゃ。年寄りは大事にせにゃならんぞい」

まだ陽は中天にさしかかった頃合いだろうか。それでも、今夜はここに一泊する、と心の中ですでに決めていた。一泊か、ことによれば二泊か。

平盆へと下っていくのは弧を描く緩斜面ではあったが、一応おれはリコに尋ねてみた。

「リコ、おぶさっていくか？」

すると一休みして気力が戻ったのか、即座に、

「年寄り扱いするないっ。自力で歩けるわっ」

と叱られた。年寄りを大切にしろ、と言ったのはどこの誰だっけ、と愚痴《ぐち》ってはみても内心、

にやつく。元気でいてくれるのはうれしいものだ。

おれたちはゆっくりと下っていった。途中で拾った枝を杖がわりにリコにやった。外輪との境目を流れる小川に、板が渡してあった。一人分の幅しかない板の上を、杖をつきつつ慎重にリコが渡りきると、どこからか甘い花の匂いが漂ってきた。リコは杖を片手にしたまま両腕を広げた。

「おお、こりゃいいのう！」

おれとマーセンサスは顔を見合わせてにやりとした。

畑のあいだの小路をたどっていくと、最初の農家につきあたった。庭先では鶏が餌をついばみ、軒先には玉葱《たまねぎ》が吊るしてある。紅色の枠のついた扉の前では五十くらいの女が顔もあげずにせっせと紡錘車をまわしていた。その足元に、おすわりができてまもない男の子が、麦袋を背もたれにして両足を投げだしていたが、頭の方が重たいらしく、前のめりに転びかけてはもちこたえるをくりかえしていた。

「昼ご飯なら用意できるよ」

初老の女はこちらを見もせずに口をひらいた。

「魚か、干した果物と交換だよ」

「おお。魚なら、あるぞ」

おれが喜んで答えると、女はようやく顔をあげた。座ったままおれとマーセンサスを見比べて、大きいねぇ、と目を丸くしてから、

「じゃ、そっちに置いとくれ。池のそばに卓と椅子があるから、そこで待っといておくれ」

と子どもの後ろを指さした。おれが荷物からオスゴスの燻製《くんせい》をとりだし、マーセンサスは転げそうな子どもの腹を、犬の子のように手のひらにのせて、リコと共に池の方に移動した。

女は大魚を見て喜んだ。そのおかげで、雨ざらしのでこぼこした卓上には、パンとたっぷりのバター、醗酵《はっこう》していない葡萄酒（葡萄汁だ！）、山羊のチーズ、薄切り肉の浮いたスープが並べられた。おれたちは久しぶりのまともな食事にかぶりついた。リコなどは、肉じゃ、肉じゃ、と騒いでスープをすくった。マーセンサスは匙《さじ》にふうふう息を吹きかけ、子どもに与えもした。女はすっかり気をゆるして、この村のことをいろいろ話してくれた。饒舌ではなかったが、ときおりおれたちのような旅人が通っていくこと、そうした者たちがいい刺激になっていること、山の外輪が防壁がわりになっており、古くから山猫が出没するので賊は入ってこないこと、などを語った。

「山猫はこの村を昔っから護ってくれる。そのかわり、年とったり病気になった家畜は外輪にさしあげる。そういう契約よ」

「本当に、ここはいい場所だなあ」

とおれはもちあげて、

「爺さんをゆっくり休ませたいんだが、お宅では泊めてくれないのかな？」

と尋ねると、女は首をふって、無理だと言った。

「寝台も場所もないよ。息子夫婦と旦那が戻ってきたら、いっぱいいっぱいだね」

「じゃあ、泊めてくれるところはないか？」

女は立ちあがり、マーセンサスから子どもをとりあげた。

「ヌーティアスんとこなら、もしかしたらね。ただ、今は、ちょいととりこみ中だと思うよ」

「ヌーティアス、とは？」

女は行くべき道を教えてくれた。

「でも、難しいかもしれないよ。問題があってさ。……まあ、あんたらがそれを解決できるんなら、泊めてくれるかもしんないけどね」

詳しく聞きたかったのだが、子どもがぐずりはじめ、女はもうおれたちの相手をしてくれそうになかった。まあ、これで良しとしよう。休めたし、味覚も腹も満たされた。再び荷を背負って野面に出た。

あぜ道をたどりながら、農作業中の男女数人と挨拶をかわし、ヌーティアスなる男の家への道を聞いた。半刻ほど歩いた先に、大きな両翼を広げた農家に行きついた。

せせらぎの音、牛の草を食《は》む音、葉を落としたりんごの古木にとまっているスズメたちのおしゃべり、といったのどかな景色に、のどかならざる荒々しい蹄《ひづめ》の響きと興奮した家畜の鼻嵐が渦巻いていた。

二階建ての母屋《おもや》の他に、牛舎と厩《うまや》、番犬小屋、物置小屋、倉庫もあり、母屋がだめだったら小屋でも泊まれそうだと素早く計算して、リコを前庭に待たせ、騒がしい裏手にまわってみた。

ちょうど牛舎の裏手に、柵で囲った草地があり、さらにその隣に急遽しつらえられたとおぼしい小さな囲い地で、一頭の雄牛が暴れ狂っていた。丸太で組んだ頑丈な柵に体当たりし、角をふりたて、蹄で大地を削っていた。目は赤く血走り、歯をむいて泡をとばしている。山犬と山猫と虎を三つ足して割ったようなわめき声をあげており、この目で見なければ、とても牛の声とは思われない。

おれとマーセンサスが腕組みをして、よくもこれほど怒り狂えるもんだ、と眺めていると、目の前に突進してきて丸太をゆるがした。思わずのけぞった背中へ、

「ひどいもんだろ?」

と声がかかる。ふりむくと、ひょろりとしているがしまりのない身体つきをした農夫が、数人の男女と共に佇《たたず》んでいた。

「こいつはもともと血の気の多いやつでなぁ」

嘆息まじりに吐きだして、両手で長い顔をこすった。

「あんたが、えええ……ヌーティアスさん、か?」

記憶からこぼれ落ちそうになった名前をあやうく拾いあげて尋ねると、ひょろり男はそうだと答える。むこうの農家から紹介されたこと、泊めてもらいたいことをおれとしては丁寧《ていねい》に頼んだつもりだが、ヌーティアスの返事はにべもなかった。

「このとおりなもんでな。かみさんは寝こんじまって、おかまいもへったくれもありゃしないんだ」

と、がおがお言っている牛に頭を傾ける。おれは、おや、と思った。牛が狂うようになる病、

というのをかつて耳にしたことがあったし、農家にとっては大損害だ。だが、かみさんが寝こむほどか？　農家の人はそんなにやわではないはずだ。ああ、むろん、衝撃を受けたときの人の感じ方というのはそれぞれであるにせよ——。

「よっぽどかわいがっておったんだなぁ」

マーセンサスが唸ると、

「あんたらにゃわかるめえ。いっくら自分勝手なわがまま息子でも、一人息子は親にとっちゃあ宝だ。親にならなきゃあ、わかるこたねぇ、この感情はな」

と涙まじりに答える。

おれとマーセンサスは顔を見合わせた。その間に、控えていた人々の中から、初老の女と若い女が柵の近くに進みでていった。艶《つや》のない白い肌に、横皺《じわ》の多い額、冬枯れした木肌のような髪は剛《かた》く逆だって、二人よく似ているところを見ると、親子なのだろう。灰色と濃茶のまざったコンスル風の貫頭長衣をまとい、腰と首と腕には彩色した木の実や獣《けもの》の骨と牙《きば》をつなげた飾りをつけている。

「隣村からやっと来てもらった大地女神《イルモア》の巫女《みこ》さんたちよ。これでだめだったら、もう、あとは、打つ手がねぇ」

耳元でひょろりヌーティアスが洟《はな》をすすった。

イルモアの巫女二人は、ぶつぶつ何やら唱えながら柵の前を行ったり来たりする。件の牛は怖れをなしたかのように後戻りして、こちらをうかがっている。

「……あれは、あんたの息子さん？」

マーセンサスが親指で指しながら確かめると、ひょろり男はうなずいた。

「なんで、あんなことに？」

とおれ。他の人々に、しぃっ、とたしなめられたので、身をかがめてささやき声で同じ問いをくりかえす。

「魔女を怒らせちまったのよ」

「魔女……？」

巫女たちが声をはりあげて祝詞《のりと》を唱えはじめたので、答えは聞けなかった。

おれたちは口をつぐみ、背筋を正してイルモアへの敬意を表した。イルモアの機嫌を損ねるのは得策でない。

頭の上を、南へ渡っていく雁《がん》の編隊が通っていった。鳴き交わす声は巫女たちの祈りとさほど違いがないな、なぞと思う。マーセンサスがセオルの下で腕をさすり、おれはこっそり爪先で反対のすねをこすった。長靴の中に虫でも入ったのか、ちくちくしたのだ。

祈りは最高潮に達し、円く広がる空に拡散していき、やがて突然やんだ。一呼吸の静寂のあと、巫女たちは身じろぎして、自信に満ちた動きでふりかえり、

「すみました」

と威厳たっぷりに宣言した。

「願いは聞き届けられました。すぐに人間に戻ります」

柵の中では牛がぶるっと身を震わせた。巫女二人は似た顔に同じ笑みを浮かべて二歩、三歩とこちらに歩みよってきた。初老の巫女が、報酬を受けとろうと片手をさしだしかけたとき、おめき声と共に鋭い角が柵に突っこんできた。一番上の柵木がめきめきっという音と共にまっ二つに折れ、片方は右へ、もう一方は左にふっとんだ。巫女たちがふりかえると、牛は第二撃の頭突きを試すところ。荒々しい鼻息に、口の泡が飛び散って、若い方の額に命中した。悲鳴が響きわたり——おれには牛の怒りより、こっちの方が耳に突きささった——舞姫のようにくるくる回りながら二人は逃げだした。

それをおもしろがって見送っている暇はなかった。第二撃で横木の二本めも砕けそうだった。それがなくなってしまえば、今度はおれたちが牛の標的だ。おれは柵にひとっ飛びした。懐から青い紐をひっぱりだしつつ、ものを治める、なだめる、荷がばらけないようにしっかり縛る魔法を思いだす。しょっちゅう使っている魔法は、よほど慌てて勘違いしない限り、正確に使える。

柵の前で手早く環を作り、両端を男結びにする。牛はその間も突進をくりかえしている。横木が木っ端をとばす。泡の攻撃を辛うじてよけながら、腕をできるだけのばして、環にした青紐を牛の二本の角に素早くひっかけた。

牛は紐冠をのせたまま大きく頭をふりあげた。鼻面が天をむいた。ちょうどそのとき、雁行の第二陣か第三陣かが、かう、かう、と鳴きかわして通り過ぎていった。雁の呪文が効果を高めたのか、牛は彼らが外輪山のむこうへ消えるまで動かなくなった。それから、身体中の熱と怒りを、長い長い鼻息にして押しだした。あたりの草が横倒しになってしなびるほどに。やがて、力が抜けたらしい。とうとう立っていられなくなったのか、ゆっくりと足を折って腹ばいになり、沈黙した。黒く穏やかな目に戻って、牛らしい鳴き声を小さくあげた。

おれも鼻息を吐いてから、ひょろり男にむき直った。

「見てのとおりだ。あの紐を取ってはならない。暴れ放題暴れたから、しばらくはくたびれて立てないだろうが、心配はない、じき体力をとり戻すさ」

ヌーティアスは数度、口をぱくつかせてから、ようやく言った。

「……あんた、……魔道師さん、か……？」

まずは礼を言うのがまっとうな親のすることだろうが、と思ったが、むろん口には出さない。愛想のいい笑顔をつくって、

「飯は自分たちで作る。寝床を整えんのも自分たちでする。泊めてくれるな？」

「こいつはエンス、おれはマーセンサス、あと一人、玄関の方にリコって爺さん、三人だ」

マーセンサスも胸を張って、さりげなく腰の剣を片手で叩く。ヌーティアスはおれたちを見比べ、むしゃむしゃと草を食みはじめた牛の息子に視線を流し、それからまたおれたちを見あげ、細かく何度も頷いた。農夫仲間たちが、まずはひと安心、よかったよかったと肩を叩き、葡萄酒ぐらいはふるまうだろうな、お相伴するぞ、とさっそく宴会の算段だ。

ヌーティアスは頭の後ろをかきかき、ぼやきつつも母屋の方に案内する。なだめただけで、三人をただで泊めるか。葡萄酒と、寝床もついて。得なのか、損なのか。

こういう手合はごまんといる。窮地を脱すれば恩も義理も身体からこぼれ落ちていく連中だ。特に、世の中が物騒極まりない昨今では。だが、こういう人間を正そうとしても無意味だ。それよりも、恩と義理をまたくっつけてやることにしよう。

「どうして息子さんが牛になったのか、詳しく話してくれ。相手は魔女だと言ったな？　魔女のことは少しはわかる。事情がわかれば、人間に戻る方法も考えつくかもしれん」

ぱっとふりかえったヌーティアスは、駆けよってくるとおれの腕を取った。

「な、治してくれるっていうのか？　できるのか？」

おれはさりげなく腕を引きぬいた。

「おれができることは限られているが、やるだけはやってみよう。話を聞かせてくれ」

古いが手入れの行き届いた母屋の食堂で、オスゴスとゆで野菜とパンとチーズ、葡萄酒を並べ、りんごや柿といった果物まで山盛りに、その日の残りはゆっくりとくつろがせてもらった。

お相伴の農夫たちの話と、父親であるヌーティアスの完全に主観的な話をすりあわせて得た事実は、一言で言えば、自分勝手も甚《はなは》だしい一人息子のサンジペルスが、一人旅の女に強引に迫った、その相手が実は魔女だった、というものだった。女の年は三十前後、けんもほろろの反応だったのだが、サンジペルスの方は十も若いが抑制のきかない——いや、抑制することなど考えもしない、世の中はすべて思いどおりになると思いこんでいる——男で、強引に言いより、相当えげつなくあからさまな物言いをし、それでも聞き入れられないと知るや、

「女の頬をちょっとはたいた」（父親談）

「ああ、彼女が椅子から転がり落ちるくらいにな」（仲間の農夫談）
怪我はなかったか、悪かった、と青くなり、反省したのであればそこでおさまっただろうが、
「ここぞとばかりに襲いかかった」（農夫談）
「いやいや、息子も椅子に蹴っつまずいて転んだのだ、たまたまそれが彼女の上だったというだけのことで」（父親談）
男の、いや、人間の風上にもおけないやつだ、とおれもむかっとした。サンジペルスくらい若かったら、この父親を殴ったかもしれん。いやいや、宿を発つときに呪いの紐結びをやったかもしれん。
しかし、女は思いのほか身軽だった。まるで猫のように。若者は床を抱き、彼女はいつのまにか食卓の上に仁王立ちになっていたという。ふりかえった男の鼻先に右手の薬指をむけ、呪いの言葉を吐いた。若者が食卓に突進したときには、両手両足には蹄ができ、角が生えかけていたという。その、広くごつい毛が出はじめた背中を軽く渡った女の様子は、崖を下る山羊さながら、荷袋をさらって夜の中に駆けだす姿は狼のようだった、と。半刻後、外輪中から狼の遠吠えや山猫の唸り声があがり、それはまるまる一晩おさまることがなかった。
「外輪山には山猫がいて、村を護っている、と話を聞いたが？」
おおよその事態がつかめたところで、おれはぼそりと言ってみた。とたんに男たちは身体を強ばらせた。なるほどな。あえて、連中が耳にしたくないことを口にしてみる。
「村をお気に入りにしていたその女を、怒らせたんだな」

一人が頭をかかえて、ああ、やっぱり、と立ちあがり、別の一人も呻《うめ》きながら卓に額を打ちつけた。残りの連中も見るからに憮然としている。

「おそらく、旅をしてこの村が好きになった魔道師が、護っていてくれたんだろう」

「ま……魔道師？　魔女、と違うのか？」

「好きに呼べばいい。だが、おそらくは魔道師だな。呪文一つでたちまち人を牛にできるんだから。それに……山の護りを山猫に託していたことから見ても、多分、獣に精通している、ウィダチスの使い手だろう。強力で、善意をもった、まともな魔道師だ」

しん、と静まりかえった。暖炉で薪の燃える音だけがしばらくつづいたのち、リコのしゃがれた甲高い声が響いた。

「わしゃあ、聞いたことがあるぞい。名前は何というんじゃい、名を聞いたか」

男たちは責任をなすりつけるように、互いを見やった。誰も覚えておらんのか、とマーセンサスがあきれた直後、肩口から声がした。

「エイリャヨ」

忘れていた。ぎょっとしたのはおれも同じ。あやうく飛びあがるところだった。驚いていないのはリコ一人。

「なんじゃと？」

「エイリャヨ。ウィダチスノマドウシ」

「知っているのか？」

蜥蜴《とかげ》にしゃべらせているのが、あの金の小鳥なのか、それとも蜥蜴自身なのか心許ない状況だったが、教えてくれるのならなんでも歓迎だ。しかし、蜥蜴はおれの質問など小石以下と判断したのだろう、尻尾を首筋に打ちつけてまた丸まってしまった。

まだ驚きからさめやらぬ農夫たちを前に、リコはまったく平然と記憶をさぐる。女魔道師の名を連呼しながら、洋梨頭を指で叩き、腰にぶら下げている小袋の一つを卓上にひっぱりだすと、羊皮紙の束をめくりはじめた。

おれとマーセンサスはおとなしく杯を傾け、チーズを齧《かじ》る。おれたちの様子に、農夫たちも落ちつきをとり戻し、魔女と魔道師の違いについての私見を小声で述べている。

「ほい、あった、あった」

しばらくしてからリコが羊皮紙の一枚を指でおさえた。

「よいか、こう書いてある。『エイリャ、ウィダチスの女魔道師、エズキウム・キーナ村に住まいする』一四五五年、キスプでの聞き書きじゃ」

「爺さん、人物録も作っているのか」

とマーセンサスが感心した。おれは椅子に身を沈めた。

「エズキウムか……。遠いなぁ……。ヌーティアス、あんたの牛息子を戻すには、エイリャに会って改心を示し、心から謝らねばならないと思うんだが、エズキウムではなぁ」

「そこはそんなに遠いのか？」

ヌーティアスがすがりつくような目をして身を乗りだした。

「人の足で行っても二、三ヶ月かかるなぁ。ましてや牛を連れていったら半年がかりか。……途中で肉にされんとも限らん」

「なら、その女魔道師を、連れてきてくれ」

おれは思わずひょろり男を見かえした。

「もう一度ここに来るくらい、楽にできるだろう、魔道師なんだから」

「おぬし、何を言ってるんだ？」

とマーセンサスがぬっと立ちあがった。

「謝るからここまで来てくれと呼びつけて、はいそうですかと許してくれると思うのか？」

「こっちから行けないんじゃあ、むこうから来てもらうしか手はあるまい。術をかけたのはむこうの方だ。おれには仕事もある。行って連れてこられるのはあんたたちしかおらん。同じ魔道師同士、話も合うだろうし」

マーセンサスの長く太い腕が風を切った。止める暇もありはしない。大きな拳が農夫の鼻を直撃した。

ヌーティアスは椅子もろともひっくりかえったが、その絶叫も、鼻が折れたので餌をさがす豚のようにしか聞こえなかった。他の男たちは彼の周りをうろうろしてから、一人、また一人と去っていった。マーセンサスは血の気ののぼった顔のまま、足音も荒く寝室にひっこんだが、卓上の杯をさらっていくことは忘れなかった。リコが嘆息をついてよっこらしょと立ちあがり、ヌーティアスのそばにしゃがみこみ、涙目で顔をおさえてふがふが言うのへ、穏やかに説教した。

「なあ、おまえさん、わしもむかぁし親だったことがあるがな、いくら子がかわいかろうが、世の道理っちゅうもんを無視しちゃいかんぞい。人間同士ばかりか、獣にだって筋ってもんがあるんじゃ。むしろ獣の道理は人より厳しく、曲がることは稀じゃな。少しぁ、見習うべきではないかいの」

そう言ってから、リコは顔をあげた。

「手当してやろうかの」

自業自得だと放っておきたかったが、年寄りの慈愛には素直に従わなければならん。仕方なくヌーティアスを支え起こし、しゃくりあげるのをなだめながら血をふきとってやり、湿布《しっぷ》をあてがってやった。リコが物問いたげな目でおれを見たが、それにはかすかに首をふって応えた。紐結びでこいつの痛みをやわらげてやろうとまでは思わん。治りを早くする魔法を使おうとも思わん。魔法がもったいない。

ヌーティアスを彼の寝室に放りこんで——かみさんは布団をかぶって終日寝ているらしい——リコと二人、暖炉の前に椅子を移動し、残った酒と肴で更けていく夜をすごした。

翌朝は傍らでマーセンサスが身支度する気配で目覚めた。窓の板戸をおしあげると、晴れやかな秋の朝陽が野面を露にきらめかせていた。鶏のときの声が早朝から響いていたが、草地の中でキジが鳴き、枯れ枝に鈴なりになったスズメどももかしましく、それに牛や羊の声も重なって、昨夜の騒ぎなど忘れろといわんばかり。

伸びをしていると、マーセンサスがセオルを羽織りながら、ゆうべはすまん、と呟いた。

「あんなものにかっとなるとは、おれも年をとったかな」

世の人は、剣闘士というと血の気の多い、攻撃的な性格を連想するが、それだけでは生き残れない。おのれを律し、制御し、常に冷静さを保っていなければ、十回死んでも足りないくらいだ。生きのびて引退できた剣闘士は、ゆったりと流れる大河にたとえてもいい。

「殴って正解だ」

とおれもセオルを羽織り、リコの腋の下に手を入れて立たせる。

「おまえがやってなきゃ、おれがやっていた」

「じゃがのう……殴っても、あやつの性根は変わらんぞい」

「ほい、リコ、靴はここだ。転ぶなよ。久しぶりに寝床で寝られたな」

「やわらかすぎて、腰が痛くなったぞい」

「贅沢《ぜいたく》を言うな。またしばらくは野宿だぞ」

もう一泊したいところだが、もうそれは無理な話だ。だが、マーセンサスを責めようとは思わない。

昨夜の残りがそのまま食卓にあったので、手早く朝食にし、母屋を出た。ヌーティアスもそのかみさんもむろん姿をあらわすことはなく、おれたちはむしろほっとした気分で出発した。

空は青く、陽射しは暖かく、冬野菜や牧草が微風にそよぎ、道端では黄色い花が揺れていた。

おれはマーセンサスとリコを先に行かせ、裏手にまわろうとしていた。前庭には農家につきものの小さな池があって、昨日はカモの一家が泳いでいたのを覚えていた。だが、今朝は一家の姿はなく、心なしか水面が黒ずんでいるようだった。まあ、そういうこともあるさ、と大して気にもとめずに牛柵の方に足を運んだ。大きい囲いでは、家畜たちがおしあいへしあいしていた。乳しぼりまでしてやる気はないが、彼らにだって朝飯を喰う権利はあるだろうから、囲いの枠をはずしてやった。羊、山羊、牛たちは蹄を鳴らしていそいそと緩斜面に駆けていく。

百舌《もず》の耳障りな叫びを聞きながら、牛のサンジペルスの小囲いにむき直った。すっかりおとなしくなった彼は、期待に満ちた様子ですりよってきた。

「悪いな。おまえの魔法はおれでは解けん。エズキウムの女魔道師のところまで謝りにいけば、戻してもらえるかもしれんということだ」

牛の長い尻尾が大きく右、左に揺れた。

「牛の一生をまっとうしてくれ。おれたちは連れていってはやれないのだ」

ニシニイクノ、と蜥蜴が宣言した。

「こいつがそう言ってるんでな。とりあえず、西にむかって行くから」

聞いているのか、聞こえないふりをしているのか、尻に尾のあたる音が返事だった。

それでも、こいつだって新しい草が喰いたかろうと、出入口をあけてやる。尻尾を大きくふりながら、昨日の暴れようはどこへやら、のしのしと従順に身体半分を柵から出したときだった。突然、おれの首筋が粟《あわ》だち、髪の毛が逆立った。サンジペルスも同様に、歯茎《はぐき》をむきだし、おびえた鳴き声をあげた。

ふりむくと、母屋と牛舎のあいだを形のない黒いものが這いすすんでくる。泡がふくれるように盛りあがり、泡がしぼむように平らになって、そのたびごとに二馬身は近づいてくる。近づくごとに水が入った長靴のような音をたて、あたりに黒い水を撒きちらして迫ってくる。陽光があたると、でたらめに編まれた網模様が金の光を反射して、禍々《まがまが》しいことこの上ない。

おれは片手を懐に突っこみながら、もう一方の手で牛の尻をひっぱたいた。サンジペルスは慌てふためいて、丘の方へと逃げていく。懐からとりだしたのは、このあいだ功を奏した、あの、迷路の魔法を発動させる紐だ。こんなこともあろうかと、八色の紐を結んであらかじめ二つほど作っておいたのだ。呪文を唱えながら肩越しに一つを放り投げ、もう一つを足元に落とし、身を翻《ひるがえ》して牛のあとを追う。走りながらふりむくと、化物は牛舎の屋根に届くほど上に膨らみ、母屋の壁や板窓に飛沫《しぶき》を散らしながらねじれているところだった。一つめで目標を見失い、二つめですっかり迷路にはまり、大地に滲《し》みていってくれるといいのだが。いつまでも魔法が効くという保証はない。化物の中には、狡猾《こうかつ》なやつもいて、障害にあうたびに学習したりもする。そしてあいつに力を与えたイスリルの魔道師の悪意はあなどれない。悪意というものは、執拗《しつよう》で際限がない。しかも理由を必要としないから厄介だ。

ともかく、落ちついてじっくりと対処法を考えるしかない。今は逃げきるのが先だ。

丘ともいえないようなごくゆるやかな起伏を登り、西にむかって牧草地をつっきっていくと、まっすぐにのびる小道に出た。牛のサンジペルスも近くでうろうろと落ちつかなげにしていた。どうやら、迷路はあいつを封じこめたようだな、とほっと息をつく。まもなく、リコとマーセンサスの姿が朝陽に浮きあがった。マーセンサスの身に帯びている何かの金具がまぶしく輝いた。おれは目を細めて彼らに追いつき、リコがずるずるひきずってきた荷袋を肩にかけた。

「穴があいたらどうするんだ、リコ」

と小言を言うと、

「中身はヌーティアスんちの毛布じゃ。大丈夫、大丈夫」

とにやりとする。人の家の毛布を失敬してくるとは、とあきれたが、これから寒くなることを考えると、まあそれも生きのびる知恵——悪知恵——ともいえようか。マーセンサスがおい、と言った。彼が頭を傾げた方をふりむくと、サンジペルスがついてくる。

「おれたちはエズキウムには行かないぞ」

と叫んだ。

「西に行くんだ。ついてきても仕方ないぞ」

だが牛は、それでもついていく、とでもいうかのように、一声長々と鳴いた。

「だめだ、長丁場だ、西、といってもどこまで行くのか、誰にもわからんのだ」

すると肩口の蜥蜴が甲高く、

「ニシヘイクノヨ」

と口をひらいた。わかったわかった、しつこいぞ、と鼻先を指でなだめる。

「ダルフノマチヘイクノヨ」

おや、新しいことを口にしたな。ダルフのどこまで行けばいいのだろう。

「マチ。イケバワカルノヨ」

「だそうだ」

おれは二人と牛にうなずいた。マーセンサスは牛と並んで歩いていたが、その背を荒々しくなでながら言いきかせた。

「な？　だからおまえはここでのんびり草喰っていた方がいいぞ？　ダルフの町は遠い。年寄り連れだしな」

長い鳴き声。マーセンサスは嘆息をついて、なおも説得しようとする。とうとう外輪の登り口にさしかかってしまった。ここが分かれ道だ、と皆わかっていた。すると、それまで珍しく黙っていたリコが、一大決心をした顔つきでおれたちを見あげてきた。まずい。目が潤んでいる。

「ああ、リコ、やめてくれ」

「連れてってやろうぞい」

「リコぉ……」

「だって、かわいそうじゃないかい。むろん、こやつのしたことは言語道断、牛に変えられても仕方のないことだが、一生このままというのは罰として重すぎる」

「にしたって、エズキウムまでは行かんのだぞ」

「行くところまで行って、つてをさがせばいいではないか。ダルフの都は拝月教《はいげつきょう》寺院の門前町で今なお栄えているという。その周りの町だって、繁盛しておろうが。一人くらい、エズキウムまで、いや、エズキウムまででなくともよい、その途中まで旅する者もいよう。それをさがして託せばいいんじゃ」

マーセンサスとおれは、山こえ谷こえ、大変なのだと口をそろえたのだが、

「なら、わしも足手まといじゃろ。わしとこの牛をここにおいていけ。二人でまっすぐエズキウムにむかうわ」

と泣き声で地団駄《じだんだ》を踏まれてしまっては、もうかなうものではない。わかったわかったと両手《もろて》をあげれば、たちまちにかっと歯の欠けた口で笑う。やれやれ。

では仕方がない。町までな、と念をおすと、牛はまた長々と鳴いたが、今度のは喜びの声だった。

おれはひょいと思いついて、グラーコがさらってきた毛布をひっぱりだした。それを四半分に折りたたみ、牛の背にのせる。それから落下防止の呪文を吹きかけた二本の紐をよじってつくった手綱を、二本の角に渡して輪にした。

「リコ、乗れよ」

骨と皮ばかりの老人は、牛の背にちょこんとおさまって、手綱を握る。牛の方はされるがままにおとなしい。年寄りを大切に、な、いたわって運んでやってくれよ、と言いきかせると、ちゃんと返事をした。

おれたちはようやく、幾つかの折り返しのある外輪の坂道をゆっくりと上っていった。遠くの木立で、ヤマゲラが木を叩く音が響いた。朝陽が昇るにつれて、青ブナのまだ青い葉が翻り、

ヤマウルシが真紅の外套をひらめかせ、カラマツの林が朗々と歌いだす。暖められた落ち葉の香りに、きのこのつんとした匂いがまじって、こうした日は永遠を信じたくなるような日だ。

6

外輪を越えて下り斜面に入ると、昔の街道が姿をあらわした。荷馬車の往来が盛んであったコンスル繁栄期の名残である。ミドサイトラントやロックラントに比べると敷設された石と石の隙間が大きく、雑ではある。落石や雑草に席巻《せっけん》されて、他の街道と寸分違わぬところもあったが、獣道《けものみち》の藪《やぶ》をかき分けていくよりはずっといい。

おれたちは、薄茶色の痩せた土地がどこまでもつづく道を、二日後の夕刻もたどっていた。変わりばえのしない景色に、リコは牛の上であくびを連発した。冷たい風に枯れかけたヨシやネコジャラシが金茶に翻《ひるがえ》る。骨じみたヤナギやニセアカシアが点在して、風に乾いた音をたてていた。

また一つ大あくびをしてから、リコが聞く。

「このあたりはどの辺なんじゃあ。家とか村とかありゃせんのかあ」

野営は牛のサンジペルスのおかげで、リコにとってはずっと楽なものになっていた。火のそばに最初に寝転ぶのがお牛様で、おれたちはさんざん皮肉を浴びせかけたのだが、その牛を敷布団がわりにもたれると大変具合がいいことに気がついたリコである。温かいし、ちょうどいい硬さだし、というわけで、リコとサンジペルスは野宿の友となった。牛の背に敷いてやった毛布のおかげで、尻も痛いと言わず、ご機嫌の爺さんなのだ。

「ダルフに入ってしばらくたつから、明日にはメリッサの町につく」

マーセンサスがうけあった。

「ほれ、むこうの低い山なみ、あれを越えればすぐだ」

「ふううむ。ようく見えんわい」

山と空の境目が判別し難い夕闇となっている。右手の地平線はまだわずかに残照に赤い。一陣の風がその赤い光の方から吹きつけてきて、全員、身体をちぢこまらせた。

「あの麓《ふもと》まで行くか」

そう言ったのは、この吹きっさらしで一晩すごすよりは、もう少し歩いて山懐《やまふところ》にもぐりこんだ方が居心地いいだろうと思ったからだ。すぐにマーセンサスも、

「こっちよりはましだろう」

と皮肉っぽく賛同した。まだ歩くのかい、と自分は歩いてもいないのに文句を言うリコを無視して、夜闇を黙々と進んだ。平原の遠くの方で、夜光草の一群が青白く光を放っている。風は西から上空の雲を運んできては、吹きちぎっていく。星の顔が見えたとほっとするのも束の間で、再び黒雲が襲来する。

山の根についたときにはすでに夜半近く、リコは腹が減ったと連呼する元気もなく、サンジ

ペルスと一緒に落ち葉だまりに尻をついた。崖が左右に張りだしているので、うまい具合に風よけができる。その窪みで一晩をすごした。生き物の気配はなく、ただ風だけが頭の上を叫びかわしていく夜だった。風に負けないように、火だけは盛大に焚いて、温めた葡萄酒と香草茶と残りわずかとなったチーズの欠片《かけら》で食事を終える。リコはすぐに不規則な軽い鼾《いびき》をかきはじめた。

マーセンサスが食糧の残りを確かめようと荷袋をひっくりかえしているあいだ、おれはじっと炎と相対して、化物の撃退方法をさぐっていた。枝や幹をなめる火の動きが、もつれた結び目と重なる。火と水は両極に位置するまったく異質のものでありながら、その流動性と予測を拒む動きはよく似ている。おれの目にはどちらも自由を謳歌《おうか》しているように見える。

あの漁網を模した化物は、水に依存している。漁師だった大々伯父があれを見たら、激怒するだろう。網というのもはばかられる、無茶苦茶な編み目だった。まさに、イスリル魔道師の悪意。

炎がよじれ、沈みこみ、思いがけない場所から噴きだす。その動きにあわせて、おれの手が想像上の紐を組みこんでいく。新しい結び目が必要なのか？　それとも古い古い結び方を再現するべきなのか？　あれが悪意で掘りおこされたのであれば、慈愛とゆるしを抱いた結び目で対抗することはできないだろうか……。葡萄酒のせいか、それとも普段使わない頭を使ったせいか、眠気が身体に広がっていく。紐を手ばなし、肩から落ち葉の上に転がろうとした。蜥蜴《とかげ》が腹の方に移動しながらささやいた。

「モドラネバ」

道を戻れと言っているのではないと、目が閉じていくに任せつつ直感した。過去へ、戻らねば。昔へ、闇の階《きざはし》をおりていかなければ。あの化物を退治するのに、光は無用だ。暗黒の中にあれを退ける答えがひそんでいる。そうでなくば、何をしても無駄だ……。

翌朝は寒さで目覚めた。いつのまにか風はやんで、平原は霜におおわれていた。射しそめている曙光《しょこう》は、ここまではまだ届かず、澄んだ水底にいる心持ちがした。

おれは強ばった背中をほぐすべく、呻《うめ》きをあげて両手を広げた。マーセンサスとリコも起きだして、サンジペルスは原っぱの方へ草をむしりにいった。そういえば、とささやかな朝食をとりながら、ふと思った。

「こいつは何を喰っているんだ？」

蜥蜴は肩の上で寒そうに身をちぢめている。

「ものを喰っているのを、見たことがないな」

「あの、光の玉以外は」

「伝説では、満月に照らされた小石を喰うと言われとるが……。チーズ、喰わんかいのう」

「こら、リコ、変なもの食べさせるな」

「喰わんのう」

「冬眠するんじゃないのか？」

「そうか……だから食べないのか？」

「冬眠前はたらふく喰わねばなるまいよ」

「だからと言って、チーズはよせ、チーズは」

「大丈夫じゃ。喰いそうにもない」

何が大丈夫なんだ、相変わらず妙に的がはずれている。後始末をして、出立した。サンジペルスもろくに草を食《は》む暇がないのか、前より痩せてきた。今日こそは町に入って、全員が英気を養わねば。

山と山のあいだの古い街道をたどりながら、肩の蜥蜴をひっつかんで、緩慢《かんまん》に手足をばたつかせるのにかまわず、懐に落としこむ。しばらく胸の中でごそごそ動いていたが、心地良い体勢を見つけたのだろう、鼻面を襟の下からのぞかせて静かになった。

「ダンダン」

「……なんだって？」

「ダンダン」

だんだん暖かくなってきた、のか、だんだん眠くなってきた、のかわからないが、ともかくは満足したようだった。

谷間を半日で抜け、低い丘の周りを半周すると、メリッサの町——のはずだった。おれたちが立ちどまったのは、崩れた町柵と半壊の櫓《やぐら》の前だった。町は壊滅していた。野盗の群れが襲ったのだろう、家々は手当たり次第に打ち壊され、荒らされ、最後に火をかけられたようだった。残った土壁は煤《すす》で真っ黒になり、柱や木枠は炭化していた。石やモザイク床の隙間には雑草が茂り、屋根や残骸の上ではスズメたちがはねている。

「……三年はたっているな……」

とマーセンサスが呟《つぶや》いた。リコが牛の背中から毛布ごとすべりおりる。

「噂にも聞こえてこなんだった」

「リコ、歩きまわるな。何が崩れるかわからないぞ」

メリッサはダルフの東側の交易の地で、北は〈北の海〉から、南はナランナ海までを網羅していた。さほど大きい町ではなかったが、近隣の村々の中心となっていた。千人ほど住んでいたはずだが、その住民がどうなったのかは、さっき一軒の商家をのぞいて悟ってしまった。生地や反物《たんもの》を扱っていたはずの店内に、残っているのは野盗が持ちきれなかった売物の残骸と、残骸に埋もれてすぐには見分けのつかない髑髏《どくろ》だった。リコには見せたくない。もともと涙もろい年寄りだが、最近とみにその傾向が強まっている。三日も四日も思いだしては泣きべそをかいて、しまいには全員をちゃんと葬ってやりたい、などと言いだすに決まっていた。

暖かく乾いた部屋とぐっすり眠れる寝台の夢は、はかなくついえた。おれたちはかつて庁舎か総督の館だったらしき廃墟にむかった。町中《まちなか》の広場に面して、唯一の石造物であったそれは、座礁した大型船にも見えた。灰色の切出石が転がり、燃え残った巻物の半分が石のあいだに見え隠れしていた。奥の方に、つづきの幾棟かがある程度残っている。そのあたりを今夜の寝床と思い定めて、

「リコ、足元に注意してな。転ぶなよ」

とふりかえっては止まりながら進んでいった。

戸口が崩れているものの、残りの三方にはちゃんと壁が残っている小部屋を見つけた。屋根には穴があいていたが、細長い寝台と何枚かの毛布があった。

「おっ、ここならなんとか」

立ちどまったおれの横から首を出してマーセンサスが、はずんだ声をあげた。おれは、彼が入っていこうとするのを片腕で遮《さえぎ》った。黙って指さしたのは、モザイク模様がはっきり見てとれる床。三つの同心円の中で、三匹のヒョウの子どもがじゃれあっている図柄だが、おれが問題にしたのはそのことではない。マーセンサスはすぐに悟った。その視線を小部屋全体にめぐらせ、寝台の上の毛布が今まで誰かを包んでいたかのように小さい洞穴をつくっているところで止めた。

「……すでに住民がいるようだな」

「生き残りか、よそから流れてきたか」

「おれたちの足音で、逃げだしたようだ」

ということは、と二人で顔を見合わせた。害意はないとは言いきれないが、姿を隠すくらいだ、いきなり襲ってくることはないだろう。相手は一人のようだし、こっちは二人の大男、油断さえしなければ一晩くらいは休めそうだ。

そこで、リコを呼んだ。サンジペルスはぶらぶらと草を求めてどこかへ行った。リコは毛布をひきずりながら部屋に入り、寝台ができていると知って喜んでもぐりこんだものの、すぐに、背中と尻があたって痛い、とわめきはじめ、おれたち二人で毛布を敷き足してやらねばならなかった。

それがすむと、マーセンサスを用心棒に残して、外に出た。手をこすりあわせながら瓦礫《がれき》のあいだを物色する。階の抜け崩れているのをまたいで床の傾いだ二階にあがったり、落ちかかってきている三階の窓から外をのぞいたり。その窓際では、骨となった左手がいまだ襤褸布《ぼろぬの》にしがみついていた。布がかつては館の壁を飾ったであろうタペストリーの一部だとわかったときには、胸をぎゅうっと絞られる気がした。

野盗は大がかりな襲撃をやってのけたらしい。大人数の組織だった集団で、何もかも奪っていったようだ。パンの一包み、チーズの一欠片さえ残ってはいなかった。……いや、彼らが残したものを、おれと同じように考えた先住人が漁ったと考える方が理に適っているか。

おれは通廊だった場所まで戻った。前方にリコの休んでいる小部屋と幾つかの離れがあり、後方には物色をすませた母屋がうずくまっている。左右には切出石の残骸が横たわる、雑草だらけの庭が沈黙している。鳥の声も、枯れ草の陰にうごめく虫の気配もない。が、さっきから視線を感じていた。

「出てこいよ。いるのはわかってる。話をしたい。頼みたいことがあるんだ」

いたって静かな声音を使った。脅かしたり威圧したりはしたくない。生き残りならば、大いに同情したい。たった一人で隠れ住むなど、夜の恐怖はどれだけのことか。

おれはじっと待った。じっと待つことには慣れている。湖の釣り人は、半日でも瞑想《めいそう》していられるぞ。十数呼吸もすると、寒さがこたえてくる。だが、魚を釣るには身動きは禁物。奥歯をくいしばってさらに十数呼吸。

と、左目の隅に誰かがあらわれた。森の鹿さながらにそっとやってきて、山猫さながらに警戒している。おれはごくゆっくりと身体をまわした。

三馬身離れて、枯れかけた雑草の中に佇《たたず》んでいるのは、背が低く骨太の男――いや、まだ子どもだ。十三、四、五の少年か。短い髪はもつれた紐のよう、日に焼けた皮膚は干からびる寸前のりんごのよう、目だけは狼星のようにぎらついて、衣服はぼろぼろに切り裂かれていた。すねや腕には、打ち身のあとが紫と橙《だいだい》の斑《まだら》になっていた。おれは顎をしゃくった。

「誰にやられた」

三年前の打ち身ではない。特にまだ橙色のやつは、昨日か一昨日か。こんな子どもを打ちすえるなんて、と怒気がわき、大股で少年の目の前に立った。逃げようとする両肩をがっしりと捕らえて、問いをくりかえす。

「誰がやったんだ、こんな……!」

すると少年はほとばしるように叫んだ。

「助けてよ! 生命を狙われているんだ!」

叫びの後ろ半分はすっかり泣き声となり、ぎらついていた目からはぽろぽろと涙がこぼれ落ちる。

おれはさっと周囲に目を走らせた。

「他に、誰かいるのか？」

少年はううん、と首をふって、

「西の方から逃げてきたんだ。二日前、なんとか切りぬけて……ここを見つけて隠れていた。……あいつがまた来る。おれを必ず見つける。助けてよ、おじさん。おれ、誰も頼る人、いないんだ」

おれは頭をめぐらせて、野の獣のように風の匂いをかいだ。瓦礫は沈黙し、遠い林も山稜《さんりょう》も静かだ。

「よし……こっちへ来い。おまえさんの仮住まいを拝借したが、怒らんだろうな？」

「いいよ、別に……。びっくりしたし、怖かったけど……。お爺さんに気を配っているあんたの言葉を聞いたよ。悪い人じゃなさそうだと思った」

「まあ、おれたちは――善人というほどではないが、悪人にはならないと心してもいる……」

少年の肩に片手を置いたが、かすかに震えが伝わってくる。生命を狙われたのなら、さもありなん。

「で、おまえさんを襲ったのは、野盗か？」

「う……野盗じゃないよ」

そう言ったきり、口を閉ざしたのを横目で見おろす。言葉にはミドサイトラント方面の抑揚がかすかに感じられた。どうやらこのあたりの住人ではなさそうだ。だが、それを問い質《ただ》すにはまだ早そうだ。魚が食らいついた棹《さお》をいきなり上げる釣り人はいない。そこで、話題を切りかえた。

「おれはリクエンシス、面倒臭がる友人たちはエンスと呼ぶ。ローランディアから旅してきた者だ」

首のそばで不意に蜥蜴がさえずった。

「オジサン」

少年はびっくりして頭をあげる。おじさんはないだろう、と首をふり、こいつは、と指さしたが、呼び名を考えていなかったことに気がついた。すると蜥蜴は自己紹介する。

「ダンダン、ネ」

おれも急いでうなずいた。

「そう、ダンダン、だ。こいつはダンダン」

少年はわずかに表情をゆるめた。

「……で、おまえさんは？」

「あ……ああ！　ごめん！　おれはユーストゥス、ユースでいいよ」

小部屋の戸口には、マーセンサスが薄手の毛布を扉がわりにしていた。それをめくってユースに仲間をひきあわせ、わかっているだけの事情を手早く説明すると、リコはさっそく同情をあらわにして、自分の隣に座らせた。するとユースは寝台の下にごそごそと手を入れて、襤褸の包みと注ぎ口の欠けた素焼きの水差し《アンフォイル》をとりだしてみせた。

「……町のあっちこっちから集めてきたんだ。こんなものしか、なかったんだけど」

少年の言う「こんなもの」は、おれたちには久しぶりの御馳走で——薄切りの牛肉の燻製《くんせい》、石のように硬いが噛みしめているうちに味が出てくる塩のきいたパン、干し葡萄に干しアンズ、イチジク、リコの顔のように皺《しわ》のよったりんご、灰が浮いているものの、すこぶるうまい濃い葡萄酒などなど——遠慮しながらいただいた。ユースの話では、この町に来る前にあちこちでちょろまかしたりしたものがほとんど、パンと葡萄酒はここで見つけたもの、ということだった。

「おれ……逃げるのに必死でさ、盗んだのは申しわけないと思うけど、生きのびるには仕方なくって……ああ、悪かったよ、悪かったと思ってるよ」

リコの視線には、この少年も勝てないらしく、殊勝な反省を口にする。

「リコ。おれたちもごちそうになってる」

おれが笑うと、マーセンサスも、

「少年、気にするな。ときどき聖人面をするがな、この爺さんだって若い頃には自慢できないこともしてきたはずで——」

「わしの若い頃を知りもせんで、適当なこと、言うでないぞっ」

たちまち二人の言いあいがはじまった。にやつきながらおれは少年に尋ねた。

「都……帝国の都の方で生まれたのか」

「え……なんでわかるの?」

「あっちの言葉のなまりがある」

「西の方に、行ったことあるの？」

「おうよ。おれとマーセンサスは、国中さすらったからなぁ」

「おれ、ロックラントのミドサイトラント寄りのジーバって村で生まれたんだ。知ってる？　行ったことある？」

　マーセンサスが口論をやめて、話に入ってきた。

「通り過ぎたことはあったかもなあ。おまえがまだ生まれてまもない頃だろうよ。村はずれに大きな水車が三台もあったんじゃないか？　小っさい村なのに」

「ああ！　うん！　そうだよ！　カラン麦をひいて、都に持っていくんだよ」

　ユースの顔がぱっと輝く。

「じゃあ、おれがまだ母さんにしがみついている頃、うちの前を通ったかもね！」

「あそこの生まれで、今ここにいるってこたぁ、おまえも随分あっちこっちさまよい歩いたってことか。若いのに、大変なこった」

　マーセンサスの皮肉っぽい口調は、ときおり本音をのぞかせる。それに気づく者と、気づかず怒りだす者といるのだが、ユースは前者だった。うん、と素直にうなずいて、生い立ちを話しだした。

　ジーバ村で農家の五男として八人きょうだいの七番めに生まれた（なんてややこしい立ち位置だ）。母は口やかましくてしっかり者、父は気の小さいおとなしい男だった。ユースが幼い頃は、きょうだい八人がそろっていたが、一年、また一年とたつうちに、七人になり、六人になり、十一歳のときには農業を手伝う長兄と彼と末っ子の三人に減っていた。

「気の毒に。流行病《はやりやまい》かいの……」

「それもあるんだけど……売られたんだ」

ミドサイトラントにカラン麦を売りさばく商売は、次第に困難となっていった。かつては三台の水車を一年中動かしても追いつかなかったのに、彼が育っていく日々のあいだに、二台となり、一台となった。せっかくの麦粉を荷車につんで運んでも、途中で襲撃されて幾人も生命をおとした。運良く買手までたどりついても、銀貨銅貨の価値は下がりきり、代価としておしつけられるのは皇后陛下が大事になさったというありがたい馬の置物や、元老院議員のお座りになった詰め物たっぷりの椅子、ひどいのになると、

「なんたらいう魔道師きょうだいが戦ったときに、盛りあがった地面の下から出てきた大昔の皇帝陛下の石像の欠けた頭部だったりしたよ」

暮らしは、おのれの糊口《ここう》をしのぐだけのものとなり下がった。むろん、日々それなりに働けば、家族が食べるには困ることはなかったが、リコの推察どおり、流行病とイナゴの襲来と日照り、水害が数年おきに、あるいは重なってやってきて村を打ちのめした。帝国が瀕死《ひんし》であるのを大地が悟ってとどめを刺そうとでもしているようだった。

ユースが十一になると、出入りの鋳《い》かけ屋に売られた。銅鍋二つと薬缶《やかん》、羊毛の布が三反《たん》。それが彼の値段だった。鋳かけ屋はロックラントのノイル海沿岸で、彼を別の男に売り、その男はエズキウムはバイアン湖近くの〈塩の町〉で彼をさらに領主に売った。領主はバイアン湖

の塩を運びだす作業に彼を割りあてた。十二歳の少年にとって、熱暑の日々を重労働ですごすのは生半可《なまはんか》なことではなく、三日後には心ひそかに脱走を決意していた。彼と同じ年頃の少年たちも多く働いていて、はじめは仲間と共に事に及ぼうとしたが、二回とも失敗に終わった。二度とも計画の段階で管理官に漏れ、扱いはそのたびにきつくなった。食事ぬき、水ぬき、殴る蹴る、しかし買った少年をつぶすことのないよう手加減は上手だった。三度めは彼一人で計画を練った。すっかり懲《こ》りて打ちのめされ、従順を装った半月のあと、脱走に成功した。

荷車の上で塩袋を運びあげる作業をしているときだった。尖った塩の結晶を、故意に馬の頭に投げとばした。耳にあたったあと、鼻面を転がってきた異物に驚いた馬が暴れだし、それは隣につながれていたもう一頭にも伝染した。棹立《さおだ》ちになり、塩袋二つが仲間たちの頭上にぶちまけられた。そのうちの一人は、前回彼の計画を管理官に密告した少年で、塩のかたまりを額にうけて出血した。だがユースはためらわなかった。傾いだ荷車の端で手綱を捕まえ、馬の背に移った。これにまた驚愕した馬は、怪物をふり払おうと駆けだした。小さな木立を抜けた先には、州都エズキウムにつづく大街道。だが、荷車をつけたままの馬は、すぐに追手に追いつかれるだろう。彼は木立に入ると馬から木の枝へと飛び移った。十二歳の少年だからこそできた芸当だった。荷馬車はひどい音をたててまっすぐ突き進み、少年は枝からさらに上方へと登って身を隠した。まもなく、五頭の騎馬が通り過ぎていった。馬蹄の轟《とどろ》きが小さくなるや否や、彼は木からすべりおり、木立の中を北東――エズキウムとは逆の方向――へと走りだした。

それから二年余りのあいだ、さまよい歩いた。親切な老婦人や、ぶっきらぼうな居酒屋の親爺さんが、衣服や食べ物を恵んでくれたこともあったが、流浪のほとんどは納屋や畑でのこそ泥と町中での残飯あさりだった。

　生きのびられたのは骨太で強靭《きょうじん》な身体、人の裏切りやあさましさから学習した用心深さ、機知を働かせる頭の良さをあわせもっていたからだろう。

　気づけばロックラントをかすめるようにしてキスプに入り、キスプを横断してダルフの西まで至っていた。

「オルンって町、いや、村、かな。そこでナフェサスって人に拾われたんだ。その人は乱暴だけど、将来王様になるって言われていた人でさ……」

　おれたちは目を瞠《みは》った。今どき王様とは、珍しい。

「一月《ひとつき》くらい世話になったんだけど……おれ、機嫌を損ねちゃって……ナフェサスって、すぐにかっとなる性質《たち》でさ、村中の若い連中が全員手下になってるんだ。何をするかわかんない人で、みんな、怖がっている。話では、襲撃してきた野盗を六人も殺して平然としていたって！　おれ、あの人の気にくわないことをやっちまって——わざとじゃないよ!?　わざとじゃないんだけど、そんなこと許してくれる人じゃないから、殺される前に逃げてきたんだ」

　そう締めくくって、おれたちの顔を交互に見あげる。

「助けてくれるって……言ったよね？　信じていいよね？」

「つらかったのう。もう大丈夫じゃぞ」

とリコはすでにその気でいるし、マーセンサスもうなずいた。

「一宿一飯の恩義があるな」

だがおれには、ひっかかっている点があった。

「追手がかかってる、生命を狙われている、それはそいつの手下なんだな?」

ユースは腕をさすってぶるっとした。うん、とうなずくのへ、

「逃げだしたのはいつだ?」

「十四日前」

「十四日間、追いかけまわしてなおあきらめない。おまえさん、まだ何か隠していることがあるだろう。それほど怒らせるとは、一体何をした? まさかその年で、人殺しをしたのか?」

「おれ! 誰も殺してないよ!」

「人殺しの集団の中にいたのに、か?」

ユーストゥスは抗議しようと口をひらきかけて、思い当たったらしく凍りついた。マーセンサスが顎をなでながら、

「そうだな。そういう集団はえてして力と残忍さを持つようになる。自分勝手な理屈をこねて威張り散らす」

「冷酷、だったろう?」

とおれ。

「でも……仲間は大事にしていたよ」

「大事に? 皆そいつを怖れていたとおまえさん、言ったばかりじゃないか。相手を怖れさせ

て支配する、手下は必要だから、おだてたりいい思いをさせたりしているだけだ」

「善も悪もないやつほど面倒な者はないのう」

「町中なら、ちんぴらの親分ってとこだな。まとまりが小っせえうちは手下を抑えこんでいられるが、人数が増えればあっという間に転落する。とってかわろうとするやつが必ず出てくる」

「王になる男……？　一体どこからそんな話が出てきたんだ？」

「王になる人、じゃないの？　トゥーラが……〈星読み〉のトゥーラがそう言ったんだよ？」

おれは失笑した。

「〈星読み〉、ときたか。じゃあその〈星読み〉が読みまちがえをしたか――」

「トゥーラはまちがえないって。いろんなことを予言して、当ててるって」

「ならば、力のある〈星読み〉なんじゃな？　とすれば、そのナフェなんとかというやつをたばかっているのと違うかの？」

「もしくは、思いどおりに操ろうとしているのかも」

ユーストゥスは、今度は口を閉じて一点を見つめた。彼の頭の中でめまぐるしく記憶が入れかわっているのがわかったので、おとな三人はじっと待った。やがて少年は、あんたたちの言うとおりかも、と呟き、大きく息を吐いて肩を落とした。

「なんだ……そうか……じゃあこれも、嘘っぱちだったんだ」

音をたてて足元に放りだしたのは、古びた短剣だった。彼は爪先でそれをつつきながらその由来を語った。語っているうちに、トゥーラの必死さに改めて気づいたようで、最後に一呼吸、

沈黙してから、

「……でも、この剣は、別のことで大切なもの……？」

「だな」

とマーセンサス。リコはほほう、と目を輝かせて身を乗りだした。人差し指を立てて、全員に「待て」の合図をし、羊皮紙の束から一つをさがしだしてぺらぺらとめくり、おお、これじゃこれじゃと示した。ユースが字が読めないんだよ、ときまり悪そうに首をすくめたので、リコが音読した。

「一三九九年十二月――ひゃははは、わしが二十歳くらいのときのじゃ！　きひひひ、まあ、そう驚くな、わしにだって若き日々はあったのじゃぞ――一三九九年、十二月、キスプ州キスプにて聞いた伝説。ええ……キスプ領内のとある山中で、大昔、いともやんごとなき美女が解呪の剣《つるぎ》なるものを土中に刺し、こを抜きたる者が解放者を見いだすべし、と予言した、とな。ほ、ほう、で、試した者数知れず、いまだ剣は抜かれざりけり、とある」

「するとそれを、おまえが抜いた、と」

マーセンサスは皮肉たっぷりの口調でおもしろがった。

「有名になれるぞ、よかったな、ユース」

「よくないよ！　そんなの、嘘に決まってる！　おれ、そんな者になりたくもないし！」

「でも、ナフェサスが抜こうとしてもだめだったんだろう？」

「それはそうだけど」

「他の誰が試しても抜けなかったんだろう？」

「みんな、ナフェサスに遠慮して、本気出さなかったんだよ」

「だが、まるっきりその気のないおまえがちょっと蹴とばしただけで、ぽろりと抜けてきたのだろう？」

ああ、もう、と顔をまっ赤にして頭をかかえるユースをマーセンサスはにやにやと眺めている。

「あ、でも……」

ユースはすぐに頭から両手を離して、

「それならトゥーラはどうしてナフェサスが王になるなんて言ったんだろう。何か、わけがあるのかな。おれを追いかけまわして、殺したいほどの……」

あてにするようにリコに顔をむけたが、リコは羊皮紙をひっぱりだすこともなく、

「それはわしの記録にはのっとらんなあ」

と首をふった。しばしの沈黙のあいだ、おれはあらたまった視線で少年を観察した。泥と埃と煤にまみれ、垢《あか》だらけの襤褸《ぼろ》を着たこの子どもが、解放者を見いだす？　解放者、とは何のことだ。麻糸毛糸綿糸がからまりあって坂を転げおちていくようなこの世の中で、何から解放されなければならないというのか。何も持たない一人の少年が、運命を大きく動かすという昔話は数多《あまた》あれど、それは昔話ゆえのこと。現実に様々な条件をつきあわせていくと、無意味な夢、と判じられる。あぁ、だが。

十年も前、若造だったときにこの話を聞いたら、おれはどう感じただろう。条件つきの現実など蹴散らして、血をたぎらせたかもしれない。正直に言えば、今だって信じたがっている。謎を追いかけてはるかな旅をする。何を解放するのか、解放者とは誰のことか。突きとめてみたいと思う。心が躍る。この少年の力になってもやりたい。

おれと考えを同じにしていたのだろう、マーセンサスが身じろぎした。

「――おまえが、鍵を握る、か……」

「だから、なりたくねぇって言っただろっ」

マーセンサスは首をふりつつ剣を拾った。ひっくりかえしたり、柄を調べたり、刃の曲がり具合をためつすがめつしてから、寝台の下に丸まっていた襤褸布で包んだ。

「なんの変哲もないただの剣、しかもなまくらだ」

包みを少年に手渡す。

「な……なまくら?」

「土中にあったにしては、少しも傷んでいないのが、お日様が西からあがってくるくらいに不思議だが、何かの魔法がかけられているんだろう。だが、なまくらだ。紐一本、切れやしない」

「切れない剣?」

「おそらく、その長さからしても、剣本来の役割を果たすために作られたんじゃあないな。呪《まじな》いか、祭祀《さいし》用の祈りの焦点となすための剣だろう」

とおれも口をはさんだ。少年は肩を落とした。

「偽物、ってこと？」

「飾り物、ってことだ」

マーセンサスが言いつくろう。

「あぁ、じゃが、身を護るのに使えるのではないかの」

リコがなだめるように言ったが、ユーストゥスはちょっとむくれた顔で、もういいよ、と呟いた。

「役立たずの剣、まるでおれと一緒だ」

「そうか？　そうでもないぞ。まるっきりの役立たずで伝説も眉唾ものだとしたら、なんで追手はあきらめない？　剣を奪いかえし、おまえさんを殺そうとするってことは、何かあるんだろう」

「それは、トゥーラがそう思っているだけで……ほら、〈星読み〉ってどこかしつっこいってのか、思いこみが激しいってのか――」

「執拗《しつよう》、と言うな、そういうのは」

とリコが講釈をたれるのと、

「おっと、待ってくれ」

「ちょっと待て待て待て！」

とマーセンサスとおれの叫びが重なった。

「追手というのは、その〈星読み〉か？」

「うん、そう。トゥーラだよ」

「女、なのか？」

「女でも、ものすごく怖いぜ」

思いだしてしまったのか、ユースがまたちぢこまって青くなる。

「兎《うさぎ》みたいに身軽で、狐みたいに残忍だよ。野盗が襲ってきたとき、彼女、六人は射殺したってさ。平気で人を殺すんだって話だよ。薄ら笑い浮かべてさぁ。何のためらいも見せないで、いきなり……。ナフェサスの次にあの女《ひと》がおっかねぇ……」

「なんだ、そうだったのか」

マーセンサスは笑って膝を叩いた。おれも肩から力を抜いた。

「なんだそうだったのか、ってどういうこと？」

少しむっとしてユーストゥスが尋ねる。

「その〈星読み〉は自分の予言がはずれたことに腹をたてているのさ」

「おまえさんがここまで生きのびられたのも、相手が彼女だったから、だな」

「なんだよ、それ！　おれが助かってんのは、追っ手が女だったからってこと？」

納得するかと思ったのに、ユーストゥスはまっ赤になって怒りはじめた。その怒声に紛れて、傾いだ屋根の上で音がしたが、おれたちは気にもとめなかった。森のイタチかクズリが小鳥か栗鼠《りす》を追っているのだろうと思った。

だが、その直後、破れていた天井から石くれが落ちてきて、空が大きくあいた。石塵や漆喰《しっくい》の粉と共に、人影もふってきた。床上にうずくまるように着地した影は、はねかえってユーストゥスに躍りかかった。凶刃がきらめき、立ちあがろうとしていた少年はひっくりかえり、頭の上わずか指一本の差で、マーセンサスの腕が刃をくいとめた。錬鉄《れんてつ》の籠手《こて》が刃と激突して火花が散った。女の髪が赤銅《あかがね》色に渦を巻き、軽々と飛びすさる。腕がしびれて半ば目をまわしているマーセンサス、その陰でへたりこんでいるユーストゥス。女はふりかぶる気配もなしに、再びユーストゥスに襲いかかろうとした。邪魔であればマーセンサスもろとも貫いてしまいそうな勢いで。

おれは体当たりをして女を突きとばした。──か細い相手だから、心やさしいおれとしては手加減したぞ──彼女はふっとんで寝台にひっくりかえった。その隙にようやく、おれの手が自分の剣をつかみとる。鞘《さや》走らせる暇も惜しく、そのまま突きを入れたが、女は両足でそれをはさみ、ねじった。とっさに手を離さなかったのなら、おれも一緒に体勢を崩して、ぐっさりとやられていただろう。おれは飛びすさり、女は寝台の上にしゃがみこんで息をついだ。

ひょええええ、と奇天烈《きてれつ》な叫びをあげたのは寝台を背もたれがわりに座っていたリコだった。それで、おれたちの気がそがれた。女からも殺気が消える。なんと彼女は、老爺ににっこりと笑いかけた。リコもさすが、八十年を超す人生の経験者、さもうれしそうに笑いかえす。

「なぁんとまあ……、〈星読み〉とはきれいなもんじゃのう」

〈星読み〉？　そうかもしれない。武芸者？　それもあるだろう。だが、おれの目に彼女は、

「魔女だ」

と映った。はっとした女が、はじめてまともにおれと目を合わせた。赤銅色の目。まるで熾《おき》が眠りにつく寸前の色、溶鉱炉の鉄が冷める直前の色。なんという目だ。

「魔女だ」

と再び呟くと、彼女は記憶にしっかりと刻みつけるかのように下から上へとおれを眺め――一呼吸の半分もない時間だったが、おれには十呼吸分にも思われた。再びあのときを、と切望する、長くて短い一刹那《せつな》――、にっこりと笑顔を戻し――赤銅色の華が満開になった――、天井からぶら下がっている蔓《つる》を手がかりに、斜めに落ちかかっている石材を足がかりに、栗鼠のごとくに身軽に屋根へと駆けあがり、足音を二つだけ残して姿を消した。

長いあいだ、おれは呆《ほう》けたようにつっ立っていたらしい。名を呼び、腕をゆするユーストゥスに気づけば、マーセンサスは割られた籠手の下の浅い傷に、リコから軟膏《なんこう》をぬってもらっていた。

「大丈夫？　どこか、怪我した？」

「……おまえは、なんて健気な子なんだ！」

「はあ？」

「おれを気づかってくれるとは……。それに、よくぞ彼女を連れてきてくれた！」

「……？？？」

身体中の血管が喜びでわきたっていた。ユースを抱きしめたい衝動にかられたが、さすがに抑える。そのかわり、彼の肩に手を置き、

「すまん。前言撤回だ」

と頭を下げる。

「彼女を相手によくぞ逃げきった。生きのびられたのは、奇跡に近いかもしれん」

「ねえ」

とユースはおれにはかまわず、マーセンサスにふりかえった。

「この人、一体何を言ってるの？」

マーセンサスはリコと顔を見合わせてからおれを一瞥《いちべつ》し、仏頂面で皮肉った。

「エンスの言うことなんぞ、おれにわかるかよ。……まったく、とんでもない女だな、ありゃ。おれも前言撤回するぜ。予言がはずれて面子《メンツ》が立たねえからだと言ったが、見当違いだった」

「ひきききき。つまらん面子にこだわるのは男の特性じゃな。女にはあんまりないことじゃろ」

「リコ、そいつ、もう少し上手に結べんのか？　それじゃ縦結びだ……。襲いかかってきたときのあの女の顔、見たか？　畜生め、うれしそうに笑っていやがったぜ」

ああ、とおれは答えてにんまりした。

「いい女だったなぁ」

目を剝くマーセンサス、あきれるユーストゥス、事態はのみこめていないがおれが上機嫌なのを感じとって自分もうれしいグラーコ、彼らの思惑なぞなんのその、おれはまたしばらく、彼女の消えた天井穴を見あげていた。

7

シイやカシの葉が風に吹かれてばらばらと落ちてきた。頬や手にあたり、足元に積もっていく。おれたちは木の橋の袂《たもと》でむこう岸を恨めしげに眺めていた。

「保全の魔法をかけながら行くしかあるまいよ」

リコが明るい口調を作って言った。それに対してマーセンサスは、

「その魔法をかけるのが、エンスではなあ」

と悲観的だ。蜥蜴《とかげ》とユースが同時に口をひらいて、

「ワタルノ。ワタルノヨ」

「おれが行こうか？」

「いや」

おれは首をふった。

「こいつはおれの仕事だ」

おれの仕事だが、と腰に手をあて、両足を大きくひらいて橋を睨《にら》みつける。

川幅は二馬身ほど、さして広い川ではない。だが、一見ゆったりと流れているように見える川底は見ることがかなわず、おそらくこれも二馬身以上の深さであろう。その上に渡されている木造りの橋は、右に左にと傾き、欄干《らんかん》もはずれていたり、底板が抜けていたりしている。昨日上流のどこかで雨がふったらしく、水嵩《みずかさ》が増し、底板の穴からときおり飛沫《しぶき》と泥水が跳ねあがってくる。

むこう岸には踏みかためられた道が白く浮きあがって、風が吹くたびに鳴る梢《こずえ》と、ヒヨドリの大群さながらに飛んでいく枯葉が、早く来いと誘っているかのようだった。

保全の紐結びをしながら、まずおれが行く。そのあとを、リコ、ユース、牛のサンジペルス、マーセンサスとつづく。それしかあるまい。

「おい、もしおまえが落ちたら、おれたちゃどうすりゃいいんだ」

「マーセンサス、心配するのはそっちかよ」

「あたりまえだ。爺さんと牛と子どもをかかえてちゃあ、落ちたおまえの心配などする余裕もねえってよ。だからおい、落ちんなよ。その辺に尻の肉をちょいとひっかけながら行くんだぜ?」

わが友はどんなときでも皮肉っぽい口調でふざけるのが好きだ。おれは一歩踏みだした。傾かないように、なるべくまん中を行く。底板を洗う流れの衝撃にびくつきながら進んだ。最も手前の右側、高欄束柱の下方に黒の縒《よ》り紐をまわし、呪文を唱えながら男結びにする。そっと足を踏みだし、今度は左側に移動して同じ作業をする。橋は怪我人の呻《うめ》きのような軋《きし》みを発し、かすかに揺れたが、まもなく落ちついた。つめていた息をそっと吐きだし、一本おきに右、左、と魔法をかけていく。根気と忍耐のいる作業だが、おれはとうとう中央部分までやってきた。立ちあがって岸辺の三人に合図する。

「ここまでは大丈夫だ！　来ていいぞっ」

おれの声にかぶせるように、上流の方で何かが轟《とどろ》いた。地の底からの応《いら》え。肌が粟《あわ》立ち、髪が逆立つ。おいおいおいおいおい、やめてくれ、ここで来るか。

おれは急いで次の支柱にかかる。敵はこのときを待ちかまえていたようだ。ああ、むろん、そうだ。悪意のかたまりは、相手が最も嫌がることを最も望むのだから。逆立つ髪の毛も、粟立つ肌も、水飛沫にすっかり濡れたが、かまっている暇はない。手早く二つ、三つ、と結びつける。三人が足元を確かめ確かめ近づいてくる。牛ももうもうおびえた鳴き声をあげながら、よろめきつつ渡ってくる。さらに一つ結ぶ。ちらりと目をやると、上流から走り下ってくる黒津波が見えた。もう一つ結びつつ、今度は前方を確かめる。あと三分の二馬身が残っている。身軽な若者ならひとっとびの距離だが、リコ爺と重量級の男二人、それに一番重い牛が疾走して、どれだけもちこたえられるか。さらに一つ結ぶあいだに、黒津波は間近に迫ってきていた。漆黒《しっこく》の獣《けもの》の顎のようにひらいた網目の一つ一つがはっきりと見えた。

「リコ、走れ！」

八十うん歳の爺様は、びっくりするほど素早くおれの脇をすりぬけ、軽々と残りを渡っていく。おれは立ちあがって八角形に組んだ純白の紐をやつに投げつけた。目の端でマーセンサスが剣をふるった。ユーストゥスがあのなまくら剣を抜いて彼の真似をしようとしていた。

網の化物は、純白の組み紐――この世の理《ことわり》を編みこんだ、神々の光の象徴――にからみつかれて立ち往生した。原生生物さながらに、上下左右にうごめきながらも、襲いかかってくることができない。マーセンサスはそれの端っこを切り刻み、ユーストゥスは足元を確保しようと苦心していた。

「そいつはおれたちに任せろ、ユース！　早く行けっ」

組み紐一つでは、この化物を消滅させられない。おれはさらにもう一つ、懐《ふところ》からとりだそうとした。と、そのとき。岸辺から敷板を次々に鳴らして駆けよってきた赤いかたまりが、マーセンサスの背中に片足をとんとついて宙に浮き、宙に浮きつつ短弓を構えた。弓弦がはじけて、矢が飛んだ。ユースが橋板の穴に片足を突っこんでばったりと倒れていなかったのなら、矢は彼の胸を貫いていたに違いない。女は薄笑いを浮かべたまま、短剣を抜いて欄干に着地し、それを反動に再びユースめがけて躍りあがった。

おれは八角紐を握りしめながら、この一連の動作がほとんど同時に行われたことに気づいて、いたく感心していた。橋がぎしぎしと揺れる。牛が牛なりの悲鳴をあげて、リコのあとを追う。マーセンサスが怒鳴りながら女に切りつけた。その切先が、まだ宙にあった爪先にあたった。わずかに均衡を崩しつつも、彼女の短剣はユーストゥスめがけてふりおろされる。橋が大きく傾いた。おれとマーセンサスは束柱にはっしとしがみつき、ユースの足が穴から抜ける。一瞬宙に浮いた彼は、とっさにその穴に片手をかけてなんとかぶら下がった。

うごめく化物が女とユースにおおいかぶさろうとしていた。再び橋が大きく揺れる。女の短剣が少年の肩のすぐ上の板に突きささった。ユースの払った剣が女の腰にあたった。切れない剣はただあたっただけだった。痛いことは痛いだろう。それなのに彼女は、心の臓を切り裂かれた人面鳥さながらの絶叫をあげた。同時に、女の髪を一房、握りしめた化物網も大きくのけぞり、思いがけず火傷を負った山猫のように慌てて離れた。女は叫びつつ床を滑って、あっと思う間に泥流に落ちていった。一方の化物は、橋から大きく退いて、悔しげに身をもむ黒いかたまりとなった。

「ほれ！　今のうちじゃ！　早う、早うっ」

リコの叫びがなかったら、おれたちも脱出する機会を逸していたかもしれない。ユースを先頭に、おれたちは斜めになった柱から柱へと、森の猿さながら、腕だけで渡っていった。

マーセンサスが最後にどっかと地面に尻をついた。息を木枯らしのように吐いて、半ばが水に浸ってしまった橋に顎をしゃくる。

「帰りはもう、使えんな」

網の化物も、すでに水没して姿はなく、あの赤い女も下流のどこかへ流されてしまっただろう。おれはがっくりと肩を落とした。手のひらにふってきたあでやかな花びらが、吹きとばされてしまった。残念至極。

と、地面に投げだされた抜身の剣が目に入った。赤い女も網の化物もこいつにふれられたとたん、苦悶したようだった。焼き鏝《ごて》でもあてられたみたいだった。これはそれほど熱いのか？

人差し指でそっと突いてみた。ぴりっともしない。

「おい、ユース。おまえさん、これをもう一度持ってみてくれ」

ユースの意識しない魔力が剣と呼応したのかと思い、少年に柄を握らせてもう一度試した。普通のなまくらだった。指一本では信用ならず、思いきって手のひらを押し当ててみたが、感じるのは冷たいあたりまえの刃の感触。マーセンサスが首をふった。

「おれも見たぞ。あいつらが退いたのは、この剣のおかげだった。まちがいない」

「なぜだ？　よくわからん」

リコのくしゃみではっとした。爺さんに風邪でもひかれたら大変だ。あわてて尻をあげる。

「その剣には、まだなんか秘密がありそうじゃな」

「もしかして、トゥーラは知っていたのかも……。誰も話を聞こうとはしなかったけど、聞いたら答えてくれたかな……」

少年は力なくうつむいた。その背中にマーセンサスが言葉をかける。

「おまえのせいじゃないぞ、そう、気に病むな。偶然ああなったが、ああならなけりゃおれたち全員御陀仏《おだぶつ》だったぜ」

「おれたちは幸運だったんだ、そう考えろ」

胸がちくちく痛んだが、おれもつけ加えた。彼に責めはない。ユーストゥスは自分の身を護ろうとしただけだ。何も悪くはない。

雑木林を抜けると針葉樹の森だった。青灰色の薄霧がたちこめる夕暮れどき、行く手に灯りがまたたいた。それはきのこ採りの二家族が集まる粗末な野営地で、雨よけ天幕が張られ、折り畳み式の戸棚、寝台、卓と椅子などがそろっていた。総勢十七人の山の人々は、毎年この時期になると、谷から谷へ、尾根から尾根へと渡り歩いて、貴重なきのこを収穫するのだという。おれたちはこの大所帯に気安く迎えられ、熱々のきのこ汁と塩漬け豚ときのこの炒め料理をふるまわれた。ここでもリコとユースの存在が警戒心をゆるめてくれたようだった。

腹がくちくなると、おれたちは火の番をしながら地面にごろ寝をするつもりだったが、ユースより少し年嵩《としかさ》の若者が、リコに自分の寝台を貸してくれると申しでた。

「そりゃ、大変、ありがたい。お言葉に甘えて寝せてもらおうぞ。じゃが、その前に、ちと教えてくれい。このきのこの名前と、どのあたりに生えているのかを、じゃな」

リコは荷物袋をまさぐって、羊皮紙の切り落としの新しい束と筆記用具をとりだした。一瞬、周囲の者が息をつめる。リコは気づきもせず、幾つかのインク壺を足元に、羊皮紙を膝に置き、炉の灯りできのこをためつすがめつ、写しとりはじめた。おれは皆が騒ぎたてたら弁明に割って入ろうと半ば腰を浮かした。きのこはローランディアの湖沼地帯でも貴重な秋の味覚であったが、どこで何が採れるかはそれぞれの秘密であり、それを教えろというのは無作法にもほどがある。皆が激怒しだしても仕方がない。

だが、リコが本物そっくりに描きだしたのを見て誰かが感嘆の声をあげると、緊迫した空気がほどけた。絵など見たことのない山の住民ばかり、指さしたり、口々に感想を叫んだり、怖れていたのとは別種の騒ぎとなった。そっちのきのこも描け、こっちのはどうだ、この爺さんは魔道師だな、これは食えないって？　そりゃ残念だ、ふんふん、匂いはするけれど、きのこの匂いとは違うなあ……。

名前を教えてもらい、どこに生えるのかを——このあたりの地名さえ聞けばいいのだと言うと皆、完全に警戒をといた——記し、羊皮紙は七枚ほどきのこで埋まった。

「このあたりはシエルブか。だとすると一日歩けばラァムの町につくな」

マーセンサスが顎をしごきながら言った。

「明日の夜こそ、ちゃんとした寝床で眠れるぞ」

翌日は霧雨となったが、それほど暗い気分にもならず谷を渡り、峰々の根元をたどり、ゆるやかな丘を越え、もう一つ低い尾根を登った。その頃にようやく雨はあがり、視界がひらけた。灰色の雲が残っていたものの、水色と橙《だいだい》の空が見え、来し方や足元では濡れそぼった枯葉が鈍い金茶の光を反射していた。しっとりと冷たい大気がすぐにやってくるであろう冬を教えていた。

狐の尾を思わせるカヤやノゲシ、ネコジャラシの枯れ野が斜面を下り、下った先には横に長い盆地が広がっていた。盆地を四つに分けているのは三筋の川で、左右二つにはカラン麦が作付けされ、鮮やかな緑も誇らしげだった。中央の二つには城壁がめぐらされていたが、かつて高さを誇っていたそれのほとんどは、半分に崩れ落ち、数百軒ほどの町中《まちなか》がまる見えとなっていた。

マーセンサスが笑った。

「さあ、ラァムの町だぜ。日暮れた頃にはつくだろう」

「ねぇ、あの、町のまん中にあるのが、砦《とりで》だよね。今もコンスル兵が駐留してるのかな」

ユースが足取りも言葉も期待にはずませて尋ねた。

「遠目にゃしっかり建っているように見えるがな、ありゃ、町の厄介もんよ。コンスル兵が造ったもんじゃねぇ。連中が造ったんなら、今だってきっちり使える。近づいてみりゃわかるが、全体が傾いであちこち崩れてら。土台がきちんとしてない建物は話にならねえ」

「じゃ、誰も住んでないってこと？」

「おまえが住んでいたあの廃墟と同じだ」

「ふうん……じゃ、その隣の白い塔、あれもそうなの？」

「あれは、拝月教《はいげつきょう》の寺の塔だ、砦とは何の関係もないぜ」

「拝月教？」

「ダルフのカダー寺院の孫寺でな、女の尼さんばかりが暮らしてる」

おれは思わず吹きだした。リコが、やれやれと首をふる。

「女の尼さん、朝の明け星、小石のさざれ……」

それに対して、うるせえ、とマーセンサスは唇を歪め、

「ダルフ同様、この町もあのお寺のおかげで保《も》っているようなもんだ。月の加護がある、ってな。寺院の女たちを護っているんだとよ。おれとしちゃあ、エンスの紐結びの方がよっぽど頼りになると思うんだがねぇ」

「ありがとよ、親友」

「どういたしまして、悪友」

数百軒の家々は草葺《くさぶ》き木造に土壁で、壁の色は淡桃に染められ、窓枠は真紅だった。それらが寺院を囲むようにして肩をよせあっている。

城壁の際《きわ》までおりていくと、城門があった。ここだけはきちんと修繕されて石の崩れ一つなく、番兵が二人立っている。街道筋からやってきた二組の巡礼とその護衛が、誰何《すいか》されることもなく通っていった。すさびた世であればあるほど、信仰に頼ろうとする乙女も多くなるってことか。護衛がつくほどだ、財産持ちの良家の令嬢であろう。

などと見とれながら、おれたちもくぐろうとした。

「あいや、待たれい」

首の前に槍が交差される。

「そこもとたち、お名は？　どこから参られた？　何のために参られた？」

小男だがおれより重たそうながっしりした身体つきの衛兵が、見あげてきた。よそへ行くといつもこうだ。大男で無精髭、剣を吊ってのしのし歩くからって、怪しいやつとは限らんだろうに、荒くれ者、ならず者の範疇《はんちゅう》に迷わず放りこまれる。それに牛がついているとなれば、不審がさらにつのるのだろう。その牛の背中では、リコが居眠りをしている。

面倒だが仕方がない。口八丁でまるめこむか。

そのとき、

「あのう、門番さん」

門番の後ろから声をかけたのは、四十がらみのご婦人だった。紫色の夕闇の中から気配もなくあらわれて、衛兵たちが飛びあがらずにすんだのは、低くやわらかい声音《こわね》のせいか。

「彼らはわたくしの父と用心棒たちですの。はるばるローランディアから参りました。お聞き及びでしょう? イスリルが湖沼地帯まで侵攻してきたことを」

にっこりと笑いかける。疲労に落ち窪んだ目、かさついた肌、薄い唇、美人とは言えないが、笑いかけられるとついひきこまれそうな魅力がある。

「おお、ローランディアの奥まで魔道師軍団が侵入したと、拝月教の軌師《きし》様が幻視なさったことは聞いておる」

「生命からがら逃げて参ったのです。通ってもよろしいでしょう?」

番兵の視線はおれたちを通りこして、牛の上でこっくりこっくりやっているリコに注がれた。そういう目で見たのなら、住居《すまい》を失った哀れな年寄りに見えないこともない。眠っていてよかったぞ。起きていたら、助けの手をさしのべてくれたこのご婦人にむかって、あんた誰だ、わしゃ知らんぞ、くらいは口走っていただろう。

番兵たちは顔を見合わせ、それからうなずいた。

「よ、よかろう」

一歩進もうとすると、婦人が指を立てた。

「あ……気をつけて。父を起こしてはかわいそう。静かに、ゆっくり」

ユーストゥスが手綱を握り、門の暗がりから夕闇の広場へと移動した。物問いたげなおれたちに、まだしゃべるなと軽く首をふって、婦人は枝分かれした道の一つに案内していく。松明《たいまつ》を持った兵士たちが走りまわり、随所に設けられた篝火《かがりび》を燃えあがらせている。薪の爆《は》ぜる音と青い煙が薄く立ちのぼっていく。

砦跡が黒々とうずくまり、拝月教の塔はその根を篝火に赤く染める。今夜は新月なので、塔の上方は闇に包まれている。

家々のおろされた板戸の隙間から灯りが漏れ、路上に細い光の線を描く。おれたちはそれらを幾つもまたぎこし、弧をなす石橋を渡った。橋の西側には大きな建物はなかったが、ひっそりした東側とは対照的に、路地には通行人が多く、ざわめいていた。

「ここはどこじゃい。どこに行くんじゃい」

目覚めたリコは鼻をひくつかせた。

「ひょひひひ……。うまそうな匂いじゃのう」

あけはなたれた扉や窓から、肉を焼く匂いや、香草の香りが漂ってくる。人々の笑い声、歌姫の歌声、ときに竪琴《たてごと》の音色も流れてくる。

「ラァムの町ですわ、ご老人。巡礼者むけの宿や店舗が多くありますの」

「ひょえええ。お姉ちゃんたちがいっぱいいるにゃあ。エンス、おい、エンス、おろしてくれい。わしも歩く。歩くぞい」

リコの言うとおりだと遅まきながら気がついた。いい匂いがするのは、食物のせいばかりではない。すれちがっていく二人連れ、今そこの装身具の店に入っていった五、六人、笑いさざめきぺちゃくちゃおしゃべりしながらの女ばかりだ。うれしげにきょろきょろするのはリコばかりではない、マーセンサスも目尻を下げていたし、おれも知らず知らずにやけていた。ユーストゥスは視線を落とし、首筋を赤くしている。

二階建ての小さめの宿に導かれたおれたちは、玄関先でユースが厩《うまや》に牛を預けて戻ってくるのを待った。軒下に吊るされた銅の看板には、小鳥の意匠で浮彫があり、〈金の鳥〉亭、と銘うってあった。ユースが駆け戻ってくると、婦人は静かに扉をあけ、首だけ中に入れて宿の者と二言三言話した。それから扉を身体でおさえて、おれたちを通した。

これほどきれいな宿を見たのははじめてだった。床も卓もぴかぴかに磨きあげられ、塵《ちり》一つ落ちていない。天井の隅には蜘蛛《くも》の巣も見あたらず、五本の燭台《しょくだい》や花瓶には太い蜜蠟《みつろう》と夜光草が光を放射し、昼のように明るかった。ほんのかすかに、南国でとれる橙の香りがして、おれたちはしばらくうっとりと立ちつくしていた。

お座りなさい、という婦人の声に、まだ半ば夢見心地で席についた。卓は大卓一つきり、他に客はおらず、貸し切りの宿ということか。婦人自ら素焼きの水差し《アンフォイル》と硝子の杯を持ってきて、皆に葡萄酒を注いでくれた。真紅に近い葡萄酒は、透明な杯の中でいちごの実さながらの色を発し、おれたちは喉を鳴らして流しこんだ。婦人はにこにこと笑みをたたえておかわりを注ごうとしたが、おれは辛うじてそれを押しとどめた。

「ご親切には感謝する。まったくもって、ありがたい。だがちょっと待ってくれ。何かわけがあるに違いない。失礼とはじゅうじゅう承知だが、あなたは何者で、何を目あてにこんなことをして下さるのか、教えてほしい。おれはローランディアのリクエンシス、テイクオクの魔道師だ」

つづけて仲間を紹介する。その途中で、宿の主人――若い頃はものすごい美人だったと思わせる、痩身の老婦人――が、大皿を両手に三つのせてきた。大卓に、鶏の丸焼き、色とりどりの野菜のつけあわせ、川魚の香草焼き、肉汁をたっぷりかけた鹿肉の煮込みが並べられて、湯気をあげる。めいめいに銀皿、銀匙《さじ》と二叉の肉叉《にくさ》が配られた。

婦人はおれとむかい側のリコの杯を満たし、召しあがれとすすめた。それを待っていたようにとびついて、ユースがむしゃむしゃやりだし、おれたちも誘惑に抗しきれず、自分の肉用ナイフをとりだして食べはじめた。

「わたくしはエミラーダと申します。ダルフの拝月教カダー寺院の軌師をしておりました」

ユースがあやうくむせそうになり、リコが奇声を発したが、おれとマーセンサスは驚かなかった。闇にほんのり光るセオルを羽織って、むくつけき男どもの前でたじろぐこともないのへ、

「なるほどな」

「それで合点がいった」

と二人でうなずく。

「軌師、というと、指導的立場にあられるということだな」

「その高貴なお方が、供も連れずに隣町へ参られるとは、いかなるわけが？」

「もうわたくしは軌師ではありませんので。……四日前に、後継者にすべてを託した身であれ

ば。されど、以前は、月影の力を借りた幻視を役目にしておりました」

「幻視……予言者、か？」

マーセンサスが肉を切り分けながら尋ね、エミラーダ元軌師はわずかに首を傾げた。おれは鹿肉を口に放りこみ、その噛みごたえと味を堪能する。と、首に尾を巻きつけていた蜥蜴がうっすらと目をひらき、――なんとまあ、黒かった目が緑に変わっている――同じ色をしたエミラーダの目と視線を合わせると、腕を這って卓におり、彼女がのばした手のひらの上に半身を乗せた。

「キタノヨ、ダンダン」

「お帰り、よくできたわね。いい子ね」

全員が咀嚼《そしゃく》を忘れ、目を剝いた。

「ゴホウビ、ゴホウビ。ダンダンニゴホウビ」

その言い方、何となくリコに似ているぞ、と瑣末《さまつ》なことを思っていると、エミラーダは袖の中から小石を二つ三つとりだして、蜥蜴の鼻先に置いた。

「満月の小石よ、御褒美《ごほうび》ですとも」

蜥蜴は舌をちょろっと出して小石をごくんと呑みこんだ。ユースが慌てて、

「えっ……！　だ、大丈夫なのっ？」

と叫ぶあいだにも、残りを丸呑みにする。

「オイシイ」

嘘つけ。味わいもしないくせに。

エミラーダは蜥蜴の頭を指一本でやさしくなでた。蜥蜴は半目になって気持ちよさそうに首をのばしている。

「これからもリクエンシス殿の道案内を正しくするのですよ」

「ダンダン、イイコネ。ゴホウビネ」

「ええ、あげますとも。ちゃんと道案内したらね」

「いいのう……蜥蜴になりたいのう……」

リコの呟《つぶや》きは、彼女の耳に入ったかどうか。蜥蜴はなでてもらうと、大卓の上から再びおれの肩に戻り、尾をぴしりといわせて首に巻きつけた。痛い。態度がまったく違うじゃないか。

「つまり……ここまでお見通しの幻視の力をもっておいでだってことか」

マーセンサスの皮肉が小さくはじけた。

「あら……違いましてよ。わたくしは、金の小鳥をつかわしたのですが、たまたまこの蜥蜴に呑まれてしまったのです。覚えておいでですか、リクエンシス殿。蜥蜴と小鳥と両方をあなたが受けとめたことを。手のひらを出して下さらなければ、小鳥も蜥蜴も地面に落下して、あえない最期を遂げたことでしょう。ですから、この子はあなた様のもの。それにマーセンサス殿、幻視は未来を操ることなどできないことをお心にとめておいて下さいな。わたくしは視るだけ。……でも、おのれのなすべきことをしようと決意しましたので、軌師の地位を譲ったのです。わたくしは今はもう、軌師ではございませんのよ。ただのエミラーダ、ラーダとお呼び下さい」

やわらかい声音ながら、毅然として言ってのけた彼女に、マーセンサスはナイフと肉叉を放りだして両手を広げる。

「こいつは驚いた。ただのおとなしいおばさんかと思ったら、どうやら見立てをまちがえたらしい。失礼した」

「十五年間、見なくてもよいものを数多《あまた》見てきたおばさんですわ」

エミラーダは首を少し傾けて、マーセンサスを軽く睨み、

「わたくしがあなた方を今日、ここに呼んだのは、大きな動きが予感されるからです。戦、征服戦、焦土、解放。それにあなた方――特に、リクエンシス殿、あなたがからんでおられるからです」

「おれが？」

どういうことだ、と問いかけようとしたとき、激しく扉を叩く者があった。男女の叫びが入りまじっていて、何を訴えているのかはわからなかったが、緊急事態らしい。

エミラーダが急いで掛け金をはずす。同時にむこうから扉が押しあけられる。その勢いで、彼女は壁と扉のあいだにはさまれてしまう。

相手の顔を確かめるより先に、おれとマーセンサスは斜めに飛びあがり、剣を抜き、リコとユースに伏せろ、と怒鳴った。短弓から射られた矢が音をたてて、ユースの座っていた椅子に突きささった。

疾風《しっぷう》のごとく駆けこんできたトゥーラに、マーセンサスが剣を払う。彼女は赤銅《あかがね》色の髪を渦

巻かせて身を翻《ひるがえ》し、――なんてうつくしいんだ、つやつやと昏《くら》い宝石のようにきらめいているぞ――再びおろされる剣を自分の剣で受けとめた。おれは剣を鞘《さや》におさめ、懐に手を入れて紐をひっぱりだそうとした。トゥーラは相手の重い剣を上手に受け流す技を知っているようだった。二合、三合と片手で切り結びながら、別の手で短弓を使った。おいおい、なんて技だ。矢はあやうくおれの目玉を射ぬくところだったが、間一髪、身をちぢめてなんとかよける。やたらに剣呑《けんのん》な女だ。平気で人を殺す、ユースの言ったとおりだ。

身をかがめたついでに、おれは身体を床に転がし、女の足を自分の足でからめとろうとした。トゥーラは後頭部にも目を持っているらしい。ひらりと跳ねてかわし、同時にマーセンサスの剣先を軽々とそらした。

壁を背に息をはずませながら、剣と短弓を構えた彼女の目は、月光を浴びた貝のようにきらめき、微笑《ほほえ》む唇には冷酷さと温かさが同居していた。

「ユーストゥスを渡して。そうしたら引きあげてあげる」

少し鼻にかかった、張りのある、それでいて少しかすれたその声！　おれは目の前に弓矢を突きつけられているにもかかわらず、くらくらっとした。懐に入れたままの手を出すのも忘れ果てて。

彼女の視線は卓の下にもぐった少年の方をむいていたが、鋭い警告はマーセンサスにむけたものだった。

「動かないで。矢がお友達に刺さるわよ！」

おれは矢の先端とにらめっこしながら、益体もないことを考えていた。短弓は扱いが楽だが、一体いつのまに矢を番《つが》えたのだろう。片手で、しかもマーセンサスと丁々発止《ちょうちょうはっし》をやりながら。マーセンサスはぐっと身体を緊張させ、ユーストゥスは覚悟したのか、卓下から這いでようとゆっくり動きだした。

トゥーラの背後で何かが閃《ひらめ》いた。薄雲にぼやけたような月の光らしきもの。直後に、彼女の後頭部でアンフォイルが砕けた。葡萄酒が飛び散った。同時に、トゥーラは融ける蠟燭《ろうそく》のようにくずおれ、その後ろではエミラーダがほっと一息ついて両手の滴《しずく》を払っていた。

呆気にとられたおれたちに、彼女はてきぱきと指示を出す。お爺さん、箒《ほうき》と塵取り、それから雑巾《ぞうきん》をもらってきて。ユーストゥス、あなたは椅子一脚をここへ。力持ちのお二人はこのお嬢さんを椅子に座らせて。紐を持ってらっしゃるわよね、リクエンシス殿？　手足を縛ってちょうだい。気がすすまないけれど、このお嬢さん、危なくて仕方ないもの。

彼女の早口にあわせて、おれたちがあたふたと動きだすと、ラーダ自身はトゥーラの短弓と剣をつまみ、外へと蹴りだした。扉に閂《かんぬき》をしっかりとかけたのは言うまでもない。

部屋がきれいになり、新しい水差しが卓上に置かれ、おれたちは再び食事に戻った。気を失ったトゥーラから酒精の匂いがぷんぷん立ちのぼるのには閉口したが。大皿三つはきれいに平らげられ、水差しも空っぽになり、腹も満足した。細身のおかみが香茶と甘い焼菓子を配った。おれとマーセンサスは香茶だけにして、自分の分はリコとユースに譲った。

「わたしもそのお菓子がいただきたいわ」

かすれた声が言い、おれは思わず咳こんだ。ユーストゥスも焼菓子を噴きだす。

「それから何か拭くものを下さらない？　おいしい葡萄酒だけど、頭からかぶるにはちょっときついかも」

おれとマーセンサス、エミラーダが彼女を囲むように移動した。ユースはいつでも逃げだせるように身構えている。リコは好奇心いっぱいのくせに、知らんふりをして菓子を頬ばっている。

「さてと、トゥーラ嬢」

おれが口火を切った。胸の早鐘を周りに気取られないように、平静を装って。

「あらかた事情はユースから聞いている。彼は、剣なら手ばなしてもいいと言っている。あんたが生命を狙わなければ」

「残念ね、大男さん。剣だけ取りかえせばいいっていうものでもないのよ。ごめんなさいねぇ」

予想どおり、率直なものの言い方だ。のらりくらりする海千山千よりずっと望ましいぞ。

「おれはリクエンシスだ。エンスと呼んでいいぞ。……で？　そのわけを、語ってもらえるかな？」

「剣とその主人は一対《いっつい》なの。ユーストゥスに死んでもらわないと、剣を取りかえしたことにはならないのよ。あの剣は、オルン村の長《おさ》の息子が持つべきなの」

にっと笑って正面からおれの目をのぞきこむ。後ろめたいことは何一つしていない、と訴える目だ。昏く赤い宝石。いかんぞ、彼女は危険だ。しっかりしろ、リクエンシス。

「ちょっと待ってちょうだい」

エミラーダが指を立てた。

「剣とは？　何の話なの？」

ユースが卓のむこうで説明した。つかえつかえだったが、ほぼおれたちに言ったのと同じ内容だった。話しおえると、卓上に音をたてて剣を置いた。

エミラーダはまじまじと凝視し、それから唾をのみ、トゥーラにむき直った。

「〈解呪の剣《つるぎ》〉、確かに〈解呪の剣〉だわ。でも、これが果たす役割は、あなたが皆に教えたこととは大きく違うはず。故意に嘘をふきこんだのよね？　それともまちがって解釈した？」

「まちがった解釈？　わたしにまちがいはないわ、おばさま。お名前は……エミラーダ様、月の軌師様だったのならわかるでしょう？　幻視に嘘がないのと同じ、〈星読み〉にも、バーレンの予言にも、誤りはないはずよ」

「バーレンの予言……！」

「そう。バーレンがこのことを予言しているの。わたしは予言のとおりに動いただけ」

「ならば、あの大予言者の記したことが非常に難解で意味不明の事項も多いのは知っているわけよね。彼独特の表現があって、主語補語が逆転したり、述語と主語が入れかわったりしているのも」

「ええ。だから、カヒースの解読に依って解釈したのよ」

エミラーダは難しい顔で首をふった。

「完全に正しい、とは言いきれない。カヒースの解釈にもまちがいが多い」

「カヒースは完璧よ」

「いいえ、トゥーラさん。大学者カヒースは、予言書が記された五十年後に生まれた。バーレンが実際に書いた時代ではないの。むろん、弟子でも、弟子の知識や方策や技術を受け継ぐ者でもない。いかにバーレンのことを深く研究した人物であっても、二人のあいだには五十年の文化の隔たりというものがあって、それは……たとえるのなら、そうね、峻険なる山と山のあいだに流れている急流、その上に架けられた一本の吊り橋にすぎないのよ。だから完璧とは言い難いし、人には思いこみや希望的推測というものが必ず生まれる」

トゥーラがはじめてかすかな迷いを見せた。そこへ、菓子と茶を飲みこんだリコが、むこうから口をはさんだ。

「わしもそう思う。カヒースはときどき、いんちきをしおる。バーレンもときどき、大雑把で適当になりおる。完璧な人間なぞ、この世にはおらんぞよ、お嬢ちゃん。妄想するのは勝手じゃが、いきなりおしかけて食事を邪魔するのだけはやめてほしいのう」

「あら、お爺さんも読書家なのかしら」

「リコはおれの祐筆《ゆうひつ》だ」

「年をとるとのう、いろぉんなことがここに」

洋梨頭を爪で叩いて、

「つまってくるんじゃい、お嬢ちゃん。知識が知恵になり、洞察力もそなわってくる」

トゥーラは大きく息を吐きだした。

「この小さい宿屋に、ロックラント人とダルフ人とローランディア人が集合して、しかもそのうちの三人が知識人？」

三人というのは誰と誰だろうと、指折り数えようとすると、ユースが吠えた。

「ちょっと待てよ。肝心のもう一人がいるだろ？」

と親指をおのれの胸に突きたてるが、どうしたって子犬がわめいているとしか思えない。トゥーラはそれを完全に無視して、

「わたしは二十年間生きてきた。そのあいだに遠い場所へも行くことがあった。だけど、本を読み、バーレンとカヒースを語ることができる人間と同じ場所にいたことなどなかった。それも二人も！」

おれとマーセンサスは数に入っていなかったか、とがっかりして手をおろす。椅子に縛されているにもかかわらず、トゥーラの顔は生き生きと輝きだした。

「これはもしかしたら、とてもすごいことかも！　こんなことって……」

「ふむ、稀有《けう》なことかもしれんのう」

「そうよ！　だったら、ねえ、こうしない？　互いに〈解呪の剣〉について知っていることを教えあうの！　バーレンの予言とカヒースの解釈について、語りあう、というのはどう？」

うわ、学術的なんとやらか。おれはマーセンサスと顔を見合わせた。そういう蘊蓄《うんちく》はリコからしょっちゅうやられている。興味もないし理解できないことを延々と一方的に語られるのは

たくさんだ。するとエミラーダが、ことさらやさしい声でゆっくりと言った。

「そうね。……それもいいかもしれないわね……。でも、あなたが隠している本当の狙いを最初に話さなくてはいけないわ。そうでなければ、協力は成立しないと思うのよ」

トゥーラがときおりぱっとはじける火の粉であれば、エミラーダは静かに蔓《つる》をのばしてからまっていく蔦《つた》だろう。彼女は椅子の周りをゆっくりとまわった。

「まだ、本当の狙いを話していないわよね。あなたの言う幼なじみの村長の息子、ええと——」

「ナフェサス」

「そう、その、ナフェサスさんを、あなたが本気で頼りにしているわけではないでしょう？」

「ナフェサスなんか、ならず者だよ。ちんぴらさ」

卓のむこうからまた子犬が吠えた。エミラーダはそれを片手で押しとどめて、

「その、ならず者が〈剣〉を制するはずがそうならなかった。……でもあなたは、そこの坊や……ええと……」

「おばさん、人の名前ちゃんと覚えてよ。おれはユーストゥス、ユースだよ」

「ユース、ユースよね、そう、彼ユースを執拗《しつよう》に追いまわし、機会さえあれば殺そうとしている。おかしいわ。なぜなの？　他に別の目的があって、あなたは〈剣〉を必要としているのか。それならユースはうっちゃっておいてもいいはず。意味がわからない。辻褄《つじつま》があわない。どうして？」

拝月教の信者を、世間では〈月の巫女《みこ》〉と呼んで、半ば馬鹿にする節もある。閉鎖的な女だ

けの空間で、ひたすら月に恋い焦がれる乙女たちの図は、世間知らずのお嬢様、もしくは世間からはじかれた心弱い女という印象がある。だが、実際は、どうしてどうして。このエミラーダという婦人もなかなか切れ者、もしかしたらおれが最初に感じたよりずっと野心家なのかもしれない。

「これ、ほどいてくれない？　手首が痛くなってきたんだけど」

「縄抜けの術をやろうとしても無駄だぜ、お嬢ちゃん」

マーセンサスが首をふった。

「エンスの呪文がきいてるうちはな、誰にもほどけんぞ」

エミラーダが後ろから彼女の上におおいかぶさるようにして、「話しなさい」と命じた。むろんトゥーラはせせら笑いで応える。するとエミラーダが、片手をおれの方にのばした。どぎまぎしていると、首の尻尾がするりととけて、蜥蜴が卓上に移り、卓上からエミラーダの腕へ、腕からトゥーラの膝の上に移動した。

「ダンダン。シャベルノヨ。ホントウノコト」

つぶらな碧《みどり》の瞳で訴える。が、トゥーラは一瞬ひきつった顔をした。すぐにまた薄笑いに戻ったものの。エミラーダがささやく。

「かわいいでしょう？　月の乙女の若い期待と、十日月の喜びで成った黄金の小鳥、その小鳥を生まれたての無垢なる蜥蜴が呑みこんでダンダンになったんですもの。喜びと望みで答えてくれるわよね？」

ダンダンはいとけない前足をトゥーラのみぞおちにかけた。

「ダンダン」

トゥーラは薄笑いを浮かべたままだったが、おれには彼女の声にならない悲鳴が聞こえた。

「ダンダン。シャベルノヨ。ホントウノコト」

両前足がみぞおちにのると、とうとう、

「わかったわ！　わかったから、話すから、この、とってもかわいい、素敵な、魔法のよい子ちゃん、よけて、よけて、よけて！」

「ダンダンが嫌い？　目を合わせてごらんなさいな、とっても深い緑の石のようなのよ。目を合わせると、嫌わなくてもすむようになるはず。彼の望みどおり、本当のことを話したくなるはず、なのだけれど？」

トゥーラは痩せ我慢をかなぐりすてて、悲鳴をあげた。エミラーダは本気で蜥蜴と目を合わさせたがったが、トゥーラが重い椅子を倒しかねなかったので、放りだされそうになったダンダンは再びおれの肩に戻った。嫌われてしょんぼりする蜥蜴をなでてやる。おれも少ししょんぼりして、

「なぁ、そのうち目を合わせてもらえる日がくるさ。そうして、おまえを好きになってくれるよ」

と慰める。

やがて息を整えたトゥーラが、渋々話しはじめた。聞いているうちに、マーセンサスもおれ

もエミラーダも、それぞれ椅子に戻って腰を落ちつけた。トゥーラが背負っていたのは、たかが小娘の野心、と笑いとばせないものだった。

「かれこれ千五百年前」

と彼女ははじめた。おっと、そこまで遡《さかのぼ》るか？　歴史の話か？　また知識人のなんたらか？

「コンスル帝国が版図拡大に熱中していた頃、オルン地方には小さいけれど強い国が立っていた。〈オルン魔国〉と呼ばれたその国は、女王が治めていた。お爺さん、ご存じ？」

リコはびっくりしたような声を出した。

「いいや！　初耳じゃ」

「……でしょうね。あまりにも小さい国、コンスルに併呑《へいどん》された数々の国々に比べたら、笑っちゃうくらいに小さい……。記録が残っているのはただ一箇所、うちの〈星読みの塔〉の書庫にだけ。多分ね。人口九百人、山間に畑を切りひらき、薬草学と医療に秀でていた。それと、占星術。よくある鄙びた村だったのよ、特殊な一つを除けばね」

全員身を乗りだして聞く。

「そのあたりは昔から小国同士の争いがたえることがなく、堅牢な壁と城砦、戦士を必要とした。それぞれの国に、魔道師の一人か二人がお抱えになっていた。でも、〈オルン魔国〉には戦士であり魔法をいくらかなす女たち——魔女と呼ばれた女たち——がいたの」

「こいつは興味深い」

マーセンサスが皆を見まわした。

「生きておいでだったら、ぜひともお手合わせを願うところだな」

「剣闘士のおじさま相手だったら、オルンの魔女二人で倒せるわ」

「一対一でないところが、ちょっと悲しいねぇ」

「力では男にかなわないもの。でもね、彼女たちは身の軽さと敏捷さ、小手先の器用さが勝っていたの。国を護るとき、城壁から飛びおりてくる彼女たちは、黒い化鳥《けちょう》さながらだったと。飛鳥となりながら、矢を射、剣をふるった。絶頂期には、そうした女たちが二百人はいたというのよ。でもそれも、あながち誇張ではない。終末期でさえ、七十人近く残っていたのだから……」

「それほど武力にすぐれた国だったら、なんでみんな知らないのさ？　なんで、大国になれなかったんだ？」

とユース。間髪をいれずにトゥーラが答えた。

「女王の国だったから」

「……へ？」

「女王の国で、魔女が主力戦力。女はね、国を護るものなの。男みたいにがっついて征服欲と権力欲にふりまわされることはない」

「おいおいおい。そりゃ一方的な思いこみだなぁ」

今度はおれが口をはさんだ。

「懐広く、心やさしく穏やかな日常を愛する男だって、たぁんといるぜ」

もちろん、おれのことだ。

「女にだって、権力志向の人はいますよ。拝月教寺院の中にも、月に多く照らされたいと願う者は多かったわ。でも、その話題はまたあとで、女王の国の話をつづけて」

「……ともかく、〈オルン魔国〉は領土が安定して畑が荒らされず、日々星占いができていれば——というより、できるように、魔女軍団を常備していた。攻められることはあっても、こちらから攻めることはなかった。五代めの女王が恋におちるまではね」

「けだし世の中は男と女の心で決まる」

マーセンサスの皮肉が出た。

「五代めの女王はどこからともなくあらわれた一人の男を見初めた。流れ者だというその男は、洒落者《しやれもの》で見目のよい伊達男《だておとこ》、口も達者で見聞が広かった。小さな国の中しか知らなかった女王はたちまちこの男に夢中になった。高い地位を与え、財産を与え、ついには王にしようと画策した。男は女王を愛してなどいなかったけれど、王になれば国を大きくして財力も増やせると思った。享楽的で強欲な人間だったの。それで二人で共謀して、病弱であった女王の夫を毒殺してしまった。ところが、事はすぐに顕《あらわ》れた。薬や毒には詳しい者ばかりひしめいていた国だから、女王の夫の死斑《しはん》や皮膚の色で何がいつ使われたか皆知ってしまった。女王は牢に監禁され、愛人は身一つで追放された。群衆につかみかかられて、暴行を受け、生命からがら逃げだした」

「もっと上手に毒を盛れなかったのかなあ。わからないようにさあ。おれだったらそうするな

「あ」

「わたしもそう思うわ」

ユースとトゥーラが意見を同じくしたのへ、リコが大きな声で、いや、違う、と口をはさんだ。

「恋をするとなぁ、ただ相手だけが目に入ってくるもんなんじゃよ」

「でもお爺さん、これは女王の一方的な恋で、男の方は打算だけだったのよ」

「男と女の恋は少し違うかもしれん」

とマーセンサス。エミラーダもそうね、とうなずく。

「男は自分を抑えて、むしろ仕事や使命に情熱をふりむけるけれど、女性の方はまったく周りが見えなくなるかもね。人によりますけれど」

エミラーダが恋について分析するとは思っていなかったのだろう、トゥーラは少しびっくりしたようだった。

「多分、その女王様はそのとき、自分と彼だけが世界の中心になったのだわ。彼さえ自分のものにできれば、あとはどうでもいいって。その殿御さえ自分を愛してくれるのなら、すべてをさしだす覚悟だったのよ」

目を潤ませて宙に語るエミラーダの、想像のしゃぼん玉を、

「そう、すべてを失った。女王の悲嘆はいかばかりか……」

マーセンサスの揶揄《やゆ》の針がつついた。おれはあやうく酒にむせそうになった。トゥーラは全然

気にもせずにつづける。

「同情は無用よ、おばさま。女王は牢の中でも奸計《かんけい》をめぐらせた。牢番を買収して脱獄したの」

「やるなあ、女王様！」

「恋のなせるわざじゃな」

「こういうことでは執拗な女心」

「わたし、こういう女心ってよくわからないし、気持ちが悪いと思うのよね」

「そりゃ、お嬢ちゃんがまだ恋ってもんを知らにゃいからじゃ。恋を知ったら、きっとお嬢ちゃんの周りにも色とりどりの花が咲くぞい」

「知らなくて結構」

トゥーラの返事はそっけなく、内心期待していたおれの心の花は蕾《つぼみ》のまますち枯れてしまった。

「脱獄した女王は、追放された愛人を隣の国で見つけた。二人は自国を奪還するため、その国に手引きを申しでて、取り引きしたの。軍勢を貸してくれれば、〈オルン魔国〉の半分をさしあげよう、とね。女王は長弓ばかり二百人の戦力を得て、自国の城壁前に陣どり、矢を射かけさせた。むろん届くものではなかったけれど、目論見どおり、魔女戦士たちが狭間の上から飛びおりてきた。三つに分けられた長弓の部隊は時間差で迎え討った。長弓部隊の矢には、身体を麻痺《まひ》させる毒がしこんであった。魔女たちが空中で弓を引きしぼっているあいだに、長弓の矢が飛来した。一波、また一波、そして最後の一波が彼女たちを襲い、カモが狩られるように彼女たちは地面に落ちた。手傷は大したこともないはずなのに、身体が動かない。その彼女たちを、女王は皆殺しにするように命じたの。そして事が終わると、城壁の周りに彼女たちの遺骸を並べ、風雨で朽ちるがままにさせた。

女王は返り咲き、愛人は国王の冠を受けた。でもそれもほんの束の間。約束どおり国の半分をもらいにきたという隣国の使者たちが、易々と王宮を制圧して半分どころかすべてを乗っとってしまった。さらに、それさえ束の間。数年後にはコンスルの侵攻が大地を踏みならして、城壁も白骨も城も平らにされてしまった。

だけど今でも、オルンの境界であった場所を通り過ぎるときには、自国の女王に殺された魔女たち六十六人の怨嗟《えんさ》の叫びが響くの。彼女たちは死してなお、オルンと女王につなぎとめられて、〈死者の丘〉に登ることも許されない。千五百年近い時を、彼女たちは憎悪の闇に這いまわっているの。わたしはそれを解放したい。解放するためにその剣がいる。バーレンの予言書には——」

「ちょっと待ってよ」

トゥーラの話にひきこまれていたおれたちは、ユーストゥスの冷静な声に、目をしばたたいた。

「村の境界？　おれも何度もまたいだけど、魔女の叫びなんか、聞こえなかったぜ？」

「それは……あんたが男だからよ」

「村の女たちだって同じだった。あんた、嘘ついてるだろ。その話、本当だったら、村の誰かが知っていそうなもんだろ。おれ、それ、初耳だぜ？」

トゥーラは珍しく返事につまった。彼女を最初に目にしたときの直感がよみがえってきた。おれは我知らず口走っていた。

「魔女だから」

全員の視線が集まる。おれは確信を得てつづけた。

「トゥーラは魔女の末裔《まつえい》だ。だから、彼女たちの怨みを感じるんだろう」

「だって、女王に全員殺されちまったんだよ？」

「一人か二人くらいは町に残っていたかもしれん。風邪をひいたとか、お産とかで。あるいは子どもたちがいたのかもしれん。母親を亡くした子どもたちの半分は女だったろう。違うか？トゥーラ」

トゥーラは目と口をあけて、おれを凝視していた。呆然とする彼女などはじめてだ。それもまたそれで、大層眼福になった。トゥーラ？　とエミラーダのやわらかい催促で、この至福の時はすぐにすぎてしまったが。

「わ……わたしの祖先は〈星読みの塔〉の占星術に長《た》けていた人たちで……さらに遡ると、……遡ると、ええと、百三代前になるかしら、そう、ちょうど女王の攻撃のときに、子を産んだばかりであったために、出陣を免除された魔女がいる……うちは〈星読み〉の家系で、あ、これは言ったわね、家系図が残っていたの。それで、ずっと遡っていくと……」

突然彼女はまっ赤になった。どうしたどうした。

「あの……エミラーダ……お願い……」

かがみこんだエミラーダにそっと耳うちする。身体を起こしたエミラーダは、ぐるりと男たちを見まわしたが、口元にはほんのりと笑いが浮かんでいた。

「御不浄はどこかしら」

おれたちは急いで顔をそらした。縛めを手早くとき、宿の女主人が二人を外へと案内していく。

「おおい、エンス」

マーセンサスの声の響きに揶揄が含まれている。

「おまえ、何をしたんだぁ？」

「お……おれ？　見てのとおり、何もしていないぞ」

「んなわけあるか。おまえが彼女を魔女だと言った、そしたら彼女はおまえに見とれて、そいでまっ赤になった。紺魔法、使ったわけじゃあるまい？」

「み……見てただろう？　何もしてないって」

そう弁解しながらも、にやけていたに違いない、ユーストゥスの舌打ちとリコの奇声がした。

「ひょほほほほ。あのお嬢ちゃんじゃあ、エンス、大いにふりまわされてしまうなあ」

それから男四人で益体もないやりとりをああだこうだとわめいていたが、そのうち、誰ともなく三人の帰りが遅いのを心配しはじめた。こういうときは、さっさと動いた方がいい、とリコが経験上の助言をしてくれたので、おれとマーセンサスが裏の方へとまわった。

ひっつかんできた夜光草の先に、厩《うまや》のあいた戸がまず浮きあがった。奥でサンジペルスが興奮した鳴き声と足踏みをくりかえしている。扉の裏で、エミラーダとおかみが折り重なって倒れていた。走りよるとエミラーダが片肘をつき、なんとか顔をあげた。

「怪我はないか?」

「大丈夫……ちょっと殴られたみたいですけれどね……大丈夫よ」

おかみの方も息を吹きかえし、マーセンサスに助け起こされる。おれは闇の中に視線を移し、見えないとわかっていながらも見ようとした。

「あの娘は……逃げたみたいね、リクエンシス殿」

「ああ……そうだな。どこにもいない……」

「何から逃げたか、おわかりでしょ?」

う、とおれはつまった。答えなくてはならないのだろうか。

「大丈夫、気持ちが落ちついたら、自分から戻ってくるでしょう。待つだけよ、色男さん」

暗闇で良かった。そうでなければ、おれも耳まで赤く染まっているのを見られていたぞ。

8

魔女だから、とあの大男はいとも簡単に言ってのけた。彼女を〈星読み〉、暗殺者、天文学者、書庫の虫、と人は呼ぶ。亡き母は根性なしと嘲《あざけ》り、父は小間使いだと思っている。今まで誰も、彼女を魔女だと看破《かんぱ》した者はいない。

リクエンシス、つかみどころのない魔道師、彼は直感で真実の的を射た。

トゥーラは夜の町中《まちなか》を疾駆《しっく》しながら、嗚咽《おえつ》を漏らした。涙が後方に飛び散っていくのがありがたい。暗夜で寒いのもありがたい。誰も彼女が泣くのを見る者はいない。

何から逃げているのか、どうして涙があふれて止まらないのか。かすかな疑問が心の隅で薄布のようにはためいている。ことさら無視して人家の少ない方へと駆けていくと、いつのまにか町を見おろす高台に来ていた。

右手に白く細い塔がぼんやりと浮きあがっているが、その基盤は丘一つ分下にある。彼女の立つ高台には、昔の砦《とりで》がまるで巨大な獣《けもの》のようにうずくまっていた。

数本の太い黒ブナの木が、行く手を遮《さえぎ》っていたので、トゥーラはその一本の根元に腰をおろし、背中をごつごつした幹に預けた。〈剣闘士の帯〉の三つ星のうち、最も明るい金の星が枝のあいだで輝いていたが、流れる雲にすぐに隠され、闇と静寂が潮のように満ちてくる。

トゥーラは計算によって真実をたぐりよせる。書物によって真実の裏打ちを試みる。直感の入りこむ余地を許さない。真実は、緻密な検証と多方面からの明示によってはじめて確かなものになる――はずだった。それなのに、リクエンシスは、直感だけで――しかも彼は、最初に会ったときにも見破ったのではなかったか？　トゥーラが気にもとめなかっただけで――真実を言いあてた。そんなことが起こりうるのか？　彼が魔道師であるということと、何か関係しているのか？

理屈だったものをさぐろうとする頭とは裏腹に、心の臓はせわしい鼓動を打ちつづけている。とめどなく流れる涙に腹だたしさを感じる。唇が震え、意思に反して嗚咽が漏れる。

十六か十七歳のとき、〈星読み〉の技術を自分自身に使った。あまり推奨されない行いではあったが、魔女たちを解放するのに、どんな力を頼ればよいのか確かめたかったのだ。すると、鍵となる二人の人物が浮かびあがってきた。一人は「王国をうちたてようとする者」、いま一人が「彼女が魔女であることを見破る者」。前者にナフェサスを当てはめようとしたが、どう考えても無理であった。それでも、彼を利用してその気にさせれば、あらわれることになるかもしれないと思った。彼女の正体を見破る者については、当てはまることはなかった。それゆえ、この〈星読み〉は正確さに問題があったのだろう、どこかで客観性が欠けていたのだろうと半ばあきらめていた。

ところが、〈星読み〉は正しかった。

彼女の正体を暴く者があらわれた。

彼が助け手。喜ばしいはずなのに、この震えはどうしたことか。あふれる涙は何のためか。背後でフクロウが鳴いた。三羽が問答をするように鳴き交わしている。トゥーラは木の幹を支えにして立ち、声のした方へとゆっくり歩きだした。このような夜は、孤独がしみる。三羽もフクロウがいるその近くで休めたら。

砦の壁は傾いでいた。さわると石くれがパンくずのようにこぼれ落ちる。トゥーラは側面から裏手へとまわり、比較的しっかりした部屋の一部にもぐりこんだ。兵士の宿房でもあったのだろうか、朽ちた寝台の脚らしきものと、布の繊維《せんい》が残っていた。頭の上には二階部分を支えた梁《はり》が斜めに傾き、片側の端は壁を半ば崩している。フクロウたちはその上のどこかでほうほうと問答をつづけていた。

トゥーラは壁に背をむけて膝をかかえこみ、震えと涙がおさまるのを待った。砦の奥まったどこかで何かが落ちる響きが伝わってくる。床がかすかに揺れ、壁と天井から小石がふってくる。フクロウたちは慣れっこになっているのだろう、動じることなく鳴いている。その声を耳にしているうちに、身体から力が抜け、いつのまにか寝入っていた。

——またどこかで石片が崩れたのか、地響きが伝わってきた。床が少し斜めになった。フクロウがほうら来たよ、と言った。誰が来たのか聞こうとしたとき、みぞおちに子猫ほどの蜥蜴《とかげ》が両前足をのせているのに気がついた。トゥーラは動けなくなった。身体中が拒絶を叫ぶ。それにはかまわず、蜥蜴は前足を左右に広げた。するとトゥーラの胸が裂けて心の臓が顕《あらわ》になった。蜥蜴は心の臓に手をかけて、それも二つに割った。中から姿をあらわしたのは、黒い煙。それは幾筋もの細い柱となってたなびく。たなびくうちに、亡霊じみた人の形をとっていく。ナフェサスの顔、手下たちの顔、父親の顔、来ては去っていった教師たちの顔、そして母親の顔。母親は彼女を認めると、耳まで裂けた闇の顎でトゥーラを呑みこもうとした。鞭のような音がして、蜥蜴の尻尾が母親の亡霊を打った。いや、尻尾ではない、白銀の紐だ。リクエンシスの魔法の紐。母の亡霊は竜巻《たつまき》状によじれたかと思うや、四散した。紐は次々に亡霊たちを打っていった。黒い煙は打たれるたびによじれ、よじれ切れて霧となり、夜の闇に吸いこまれていった。

すべてが終わると、蜥蜴は裂けた心臓をのぞきこみ、リクエンシスの笑いを含んだ声で、

「もう大丈夫だ。あんたを歪《いびつ》にしていた元凶は一つ残らず退治したぞ。あとの些細《ささい》な傷は自分で治せるはずだ」

と告げた。トゥーラは悪寒を忘れ果て、つい、蜥蜴の目と目を合わせてしまった。碧《みどり》だったはずの瞳は、魔道師の湖色になっていた。

「なんて心の臓だ、トゥーラ嬢。溶鉱炉のようにわきたっている、あんたの髪の色、あんたの瞳の色と同じだ」

あなたの目の色もなんて色なの、とトゥーラは返していた。湖がそっくりそのまま。あなたはそこに属しているのね。いつかそこに行ってみたい。

口走ってから我にかえった。今のは、わたし？　わたしが言ったの？　蜥蜴が心の臓を合わせ、胸をくっつけた。

「そうだ。あんただよ」

リクエンシスがおもしろがっているのが伝わってきた。恥じらいでかっと熱くなった直後、

頭がはっきりした。

暁闇《ぎょうあん》に一人、トゥーラは廃墟の床に半身を起こしていた。

フクロウの問答はすでに去り、ヒヨドリたちの叫びが朝の露を切り裂いている。むろんのこと、胸に蜥蜴の姿はなく、リクエンシスの声が心の臓の中でこだましているだけ。

彼はまだ丘下の宿で眠っているだろう。彼女が逃げだしたことに腹をたてているかもしれない。エミラーダとおかみを殴ったことにも。また嘘をついたと怒り、幻滅し、軽蔑したかもしれない。それでも彼のもとに行かなくてはならない。彼の声を、こだまではなくじかに聞き、謝らなければならない。

謝る、ですって!?

トゥーラは半ば腰を浮かせたまま、凍りついた。これまで誰にも心から謝ったことなどない。ごめんなさいねぇと口では言うものの、邪魔者は排除して当然だと思っていた。悪行と知りながら、少しも良心の呵責《かしゃく》を感じなかったのに、たかだか二人の女を殴り倒し、小さな欺きを一つ重ねたことに後ろめたさを感じている。

「トゥーラ、トゥーラ、しっかりして」

口に出しておのれを叱る。魔女でいいのだ、とリクエンシスに赦されたような気になっているのは錯覚だ。天文学者でも〈星読み〉でもなく、暗殺者でもナフェサスの手下でもなく、大昔からつづいてきた血のつながりだけ、本来の彼女だけを認めてもらったような心持ちがするのは、いつもの思いこみにすぎないのよ。

「錯覚。錯覚なの。錯覚よ」

そう呟《つぶや》いた、その語尾が終わらないうちに、枯葉と石くれを踏みつける音と共に、人影が立ちはだかった。額に長剣の先が突きつけられていた。

なんという油断！　短弓を拾おうとしたが、

「動くなよ。ぐさりといくぜ」

北方なまりの警告が機先を制した。

「エスク、女を縛れ」

二人めが男の斜め後ろからあらわれた。相手が一人であったのなら、どのようにも切りぬけられただろう。けれどももう一人、いやもう二人……三人？

彼らは物音をたてないように静かに動いた。明らかに訓練されている男たちがさらに五人、壁や柱の陰から彼女の周囲に集まってきた。後ろ手に縛られて廃墟から出ると、さらに黒ブナの木を中心にして、二百人ほどがそろっていた。

狐の頭つきの外套を羽織っている者、帝国軍の緋色のセオルを着ている者、麻袋に穴をあけたものをかぶっている者、裸足の者、短剣だけを吊っている者、様々な矢羽を入れた箙《えびら》を背負っている者。顔つきも南方のだんご鼻、西方の尖った顎、東方の四角い輪郭、北方の張りだした額、かつてのコンスル領土内の見本市のようだ。

荒くれ者特有の殺気を体臭と一緒に撒きちらしながら、それでも一定の統制があるようで、彼女が近づくとにやつくものの、野卑なかけ声も揶揄《やゆ》もなし、沈黙のままに道をあけた。

黒ブナの前の床几《しょうぎ》に腰をかけた男が、別段驚いた様子も喜ぶ様子も見せずに、彼女を見あげた。

「砦の中にいました。昨夜をすごしたようで」

彼女に剣を突きつけた男が説明した。ふむ、と床几の男はわずかに首を傾げた。トゥーラもまじまじと男を観察した。少年のような卵形の顔だが、年の頃は三十四、五歳か。もとコンスル軍人を彷彿とさせるのは、茶色の髪を短く刈りあげているせいだ。広い額の下では、少女のように大きい目が無邪気そうに彼女を見かえしているものの、金茶色の輝きには油断ならぬ気配をひそませている。鼻筋は通り、唇も少女のように小さい。しかしその口角は下がり、顎へと二本の線が走っており、本来は厳格な世界に身をおいていたことを物語っている。身体つきは筋肉質、ほんの少し贅肉《ぜいにく》がつきかけている。大地を踏みしめている年代物の軍靴は、よく手入れされた上等物、コンスル軍将校のみが着用する暗めの緋のセオルも、とても放浪者の持ち物には見えない。セオルの下には絹の貫頭衣に羊毛の胴着とズボンといういでたち。

「不思議なおじ様」

トゥーラは機先を制するつもりで口をひらいた。なんだと、と目を剝くか、一瞬絶句するかと思いきや、相手はほんの一瞬の間をおいたあと、上をむいて呵々《かか》と笑った。

「捕虜にしちゃ、上等な第一声だ、お嬢さん。わたしはライディネス、この集団の統率者だ。座りたまえ」

床几がもう一つ出され、彼女はライディネスと相対した。

「わたしの何を見て、不思議と感じたのか、教えてもらえるかな？」

「ならず者の一団を率いているのに、あなたは上等なものを大切に身につけている」

「ふうん。……それで？」

「全員がばらばらの出身地で装備もそろっていないのに、規律は厳しく守られて、すぐにでも攻撃できる態勢にある。なのに、あなたは戦衣さえまとっていない。おそらくそこの長櫃《ながびつ》に、鎖帷子《くさりかたびら》や兜《かぶと》、胴鎧《どうよろい》と剣がしまってあるのでしょうけれど、着るつもりはないみたい」

「これはこれは！」

ライディネスは片手を高くあげ、再び喉の奥を震わせて笑った。

「細かい観察眼の持ち主だね！　すばらしい！——ところで、お嬢さんの名前を聞かせてもらえるかな？」

「トゥーラ」

「トゥーラ。素敵な名前だ」

彼女を縛った男が、ライディネスに彼女の短弓と箙を渡した。

「彼女の持ち物です」

にこやかな表情を保ったまま、ライディネスは短弓と矢を調べた。笑顔だが、金茶色の目は決して笑ってはいない。

「これは興味深い。うむ、実に興味深いよ、トゥーラ」

「そうでしょう？　わたしが作ったんですもの。わたしの力でも最大限の効果があがるように作ったんですもの」

「これを、きみが自分で？」

「あなたの短剣の柄を、もう少し握りやすいものに作り変えてさしあげましょうか。——わたしを自由にしてくれるなら」

ライディネスの、少しばかり肉のつきかけてきた腹の横に、三本の短剣がたばさんである。彼は短剣投げなのだろうと見当をつけたのだ。

「おお、それはうれしいね。名器ではあるものの、どうもわたしの指にはひっかかるところがあってね、気にしていたところだよ。それで……きみは何者かな？　武器を自分で作り変える女。身体中から非常に攻撃的な感じを発している。これを渡したら、きみは即座にわたしを射殺すに違いない。何の躊躇《ちゅうちょ》もなく、ね。……アムド」

呼ばれて斜め後ろに控えていたがっしりした身体つきの初老の男が、トゥーラの短弓と矢を受けとった。豊かな銀髪を額の上にかきあげ、このあたりでは珍しい白い肌をしている。受けとるときもトゥーラから目を離さないこの男は、ライディネスの忠実な護衛のようだった。その目は飢えた獅子《しし》めいた剣呑《けんのん》な光を宿して、彼女と同じように迷いなく人を殺すだろう。トゥーラはアムドを見あげながら言った。

「わたしは暗殺者。彼と同じ」

「はっはぁ！　きみは賢いな。相手がそう考えたい答えを用意する。……だが、違うな。違う、とわたしの直感が言っているんだ」

「直感、ですって？」

トゥーラはせせら笑った。するとライディネスはやおら立ちあがり、彼女の周りをゆっくりとまわりながら、

「おや、直感を信じないのかね？　ひやりとして頭を下げたら刃が風を切った、ということはなかったかな？　危ないと感じて飛びすさったところへ斧がふりおろされたことはなかったかな？　戦士ならあるだろう。とっさに身体が反応する。何かが警告してくれる。そうでなければ生きのびるのは難しい」

トゥーラの右側に来たとき、整列が割れ、無精髭を生やした若者が彼の耳に何事かをささやいた。彼は明けゆく空にちらりと目をむけ、よし、と呟いた。整列待機している男たちに、

「侵攻開始だ、おまえたち」

と告げたが、その声音《こわね》は、ことさら気負ってもいず、威圧的でもなく、むしろ楽しげで朗らかだった。「遠足にいくぞ、おまえたち」とでも言うかのように。

対する部下たちは踵《かかと》を打ちあわせ、背筋をのばし、顎をあげた。ならず者の寄せ集めにはとても思えない。

「極力殺すな。彼らは植物と同じ。根っこを切っては収穫がみこまれん。来年、五年後、十年後もわれらのための生産をうけおってもらうのだ」

彼の声音が冷たいものに変化した。

「行け」

十人ずつのまとまりで、彼らは動いた。武具を鳴らすこともなく、雄叫びをあげることもなく、素早く斜面を下っていく。黒ブナの梢《こずえ》を飛びかうヒワが、いつもと同じようにさえずっていた。明けそめた東の空の雲間から、朝陽が射してきて、長い影を作ったがそれも束の間、薄曇りの肌寒さがおりてくる。

ライディネスは床几を町を見おろすことのできる場所に移動させた。トゥーラは床几に座り――抜け目のない男だと感心しながら。何か行動をおこそうとすれば、まず立たねばならない。その一動作で、彼は防御体勢に移るだろう――二百余名の攻撃隊が、外側の家々から襲っていくのを見た。十人一まとまりだった小隊が、南北東の三方の通りから、二人一組になって家々に押しいっていく。川むこうの町も同様だった。扉の壊されるかすかな音が丘の上までのぼってくるが、攻撃隊の怒鳴り声や家人の悲鳴はまったく聞こえない。

「こういうのは静かにやるべきだと思うのだよ」

隣に立つライディネスは満足げに言った。

実際、彼の軍団の動きは見事だった。一軒一軒に押しいり、家人を縛りあげて道端に並ばせる。町中の人々が、何が起きているのかを悟る前に襲われ、寝間着のまま、あるいは毛布を巻きつけただけの姿で、道に放りだされる。

トゥーラはリクエンシスたちのことを心配した。町人のように無抵抗なら、むしろ怪我をせずにすむ。だが、大男二人と血の気の多いあの坊やだ。そうはいかないだろう。エミラーダとお爺さんが、逃げるように彼らを説得してくれればいいけれど、この包囲網ではそれも難しそうだった。

侵攻は粛々《しゅくしゅく》と進んでいく。トゥーラはじりじりしだした。立って、獅子先生アムドにとびかかり、目をついて弓矢を取りかえすか。それとも身体を倒して床几から落ち、ライディネスの足を足ではさんで転がし、尻をついた男の喉元に彼の短剣を突きつけるか。アムドは彼女の攻撃をぶ厚い胸で押しかえす。ライディネスは大地に投げだされた瞬間に自分でさらに転がり、素早く立ちあがって短剣を放る。だめだ。大の男二人を相手にするには、魔女が四人いる。

肩にライディネスの手が力強くおかれた。

「お利口にしていたまえよ。それが一番賢いやり方だ」

トゥーラは膝を揺らしていた自分に毒づいた。こんなことははじめてだった。少年ユーストゥスの生命を狙って追いかけまわしていたときでさえ、なかなか仕留められないことに焦ったりはしていなかった。獲物を追いつめ、狩る楽しみだけがあったのに。そわそわしているのを表に出してしまうとは。

子どもの泣き声と町人の嘆きが聞こえてきた。道路に並ばされた人々は、やがて広場に移動させられていく。家捜しは終わったようだった。ほんの半刻ほどで片がついた。ライディネスの命令どおり、殺された者はいないようだ。

トゥーラはそれとなく身を乗りだして、広場に連れてこられた人々の中に、大きな身体をさがした。豆粒ほどにしか見えないけれども、リクエンシスとマーセンサスは襲撃者たちより体格が大きい。どうやらいないようだ、と見てとって、ほっとすると同時に新たな心配がわきあがる。もしや、どこかで殺されていたりする？　あるいは大怪我を負っている？——そもそもどうしてわたしが彼らのことを心配しているのかしら！　こんなにやきもきすることなんてないのに！

ライディネスが斜面をおりはじめた。アムドがトゥーラを促し、トゥーラは喜んでライディネスのあとを追う。

町中に入ってみると、扉という扉が壊され、中には窓枠もはずれているものもあった。だが、物が散乱している様子はなく、焚きかけていた炉の煙が心細そうに青白くたなびいているのみだった。

広場につくとトゥーラは素早く目を走らせた。川むこうからも人々は送られてきて、収穫したばかりのりんごさながらにぎゅうづめにされている。が、あの大男たちの姿は見あたらない。ライディネスは満足げに、しかし抜け目のない目配りで整然と事がなされていくのを見守っていた。トゥーラはふりかえって、拝月教《はいげつきょう》の伽藍《がらん》と白塔を一瞥《いちべつ》した。

「尼さんには手を出さないよ」

ライディネスは顔を動かさずに言った。

「そんなことは考えていないわ」

と答えつつ、この男がただの強盗団の首領ではないのを改めて感じた。

「宗教は厄介だ。放っておくか、一気につぶすか、どちらかしかない」

「同感よ。そしてつぶす覚悟をしたら、皆殺しにしなければ」

無精髭を生やしたあの若者が、アムドと共に近づいてきた。アムドは蠟板《ろうばん》を首領に渡しながら、捕虜の人数を口頭で報告した。髭の若者は肩越しに親指を立て、西の町の広場にも別の捕虜がいることを伝えた。ライディネスはうなずくと、彼らをひきつれて橋を渡っていく。あいだにはさまれているトゥーラも仕方なく一緒に歩く。

閑散《かんさん》とした歓楽街を過ぎて、小さめの広場に至れば、眠りを邪魔されて仏頂面の女たちが、恥ずかしそうに面《おもて》を伏せている客や用心棒、下働きの者と一緒に、寒さに震えていた。ここにもリクエンシスたちはいない。逃げおおせたのだ、と安堵に力が抜けた。

そのとき、小路の奥から乱れた足音が近づいてきた。下っ端二人が角から転がり出てきた。

「何事だ」

ライディネスが尋ねると、片方がきのこのような丸い頭をふりふり、

「牛が一頭、暴れていて、手に負えないのだそうで」

「牛？　大の男二人がかりでも抑えられないというのか？」

「すさまじい暴れようでさっ」

きのこ頭が首をのばして叫ぶと、もう一方もさかんにうなずいて、

「狂牛でさっ、あれはぁ！　おっかなくて手の出しようがありやせんっ」

「剣も矢もはねかえしちまいます。怪物ですっ」

ライディネスはほう、と静かに言ったが、金茶色の片目がきらりと光った。彼は足を踏みだしながら、

「それはおもしろそうだ。案内しろ」

二人の手下が小路におずおずと導く。その奥にはリクエンシスたちの宿がある。

宿の扉は破られていなかった。いや、扉自体がなかった。昨夜、トゥーラが蹴あけたはずの木の扉の枠さえ見えず、石造りの壁がつづいて窓もなく、看板もぶら下がっておらず、一瞥では無人の倉庫のように思われた。彼女は目をしばたたき、何度も見直し、首を傾げる。一行はその「倉庫」の裏へまわった。

狂牛はすでに、厩《うまや》を半壊せしめていた。頑丈な柱が数本傾き、壁板が十枚ほど地面に投げだされ、干し草と藁《わら》、三つ叉も通路にはみでている。牛は泡を飛ばし、首をふりたて、倉庫の石壁に角をおしつけて唸っている最中だった。

「これはこれはこれは！」

ライディネスがよく響く声をあげ、牛は彼に気づいた。半分白目になっている。血管の一本一本がわかるほど血走っている。むきを変えてライディネスと相対する。背中からわきたつ鍋さながらに、湯気がもうもうとあがっている。

「お……おとなしかったんすよ！」

きのこ頭がはるか後方で叫んだ。

「いい身体つきしてるんで、大将に献上しようって思ったんす！」

ライディネスはふりむきもしなかった。ゆったりと構えているようだが、次の瞬間には敏捷に動くことのできる体勢だった。

「アムド！」

「はっ」

「皆を下がらせろ」

「わかりました……ですが、ライディネス、わたしにお任せ下さい」

「なあに！」

呵々と笑って、脱いだセオルを両手に持ち、洗濯物のようにひらめかせた。

「久しぶりに牛と相撲がとれる、こんなおもしろいこと、他人《ひと》に譲れるか」

アムドは手ぶりで二人の手下とトゥーラを道の方に退けた。直後に蹄《ひづめ》の轟《とどろ》きがしたかと思うや、牛ははためくセオルめがけて突進した。ライディネスは軽々とセオルを翻《ひるがえ》し、相手は厩に突っこんだ。厩は呆気なく崩れていく。牛は木っ端を散らしつつ瓦礫《がれき》と埃の中から再びあらわれ、怒号と共に肉薄する。セオルが火の鳥さながらに舞う。牛は緋色の外套をつきぬけ、その陰にあった石壁に激突した。地響きと瓦《かわら》の落下する音があたりにこだました。

優雅で無駄のない仕草でセオルを再び羽織り、こちらへ歩いてくるライディネスの後ろで、牛は完全に沈黙した。手下二人は感嘆の声をあげ、ほめそやす。アムドは眉毛一つ動かさなかったが、かすかに安堵の息を吐く。

「あやつの角に両側から縄をつけて、木の幹にでもつないでおけ。あとで夕飯のふるまいにでも出してやれ」

躍りあがって喜ぶ二人、だがアムドは眉をひそめて主人《あるじ》に注意を促した。ライディネスがふりかえり、全員の目もまた彼の視線をなぞった。

ぶるる、と頭を震わせて、牛が正気づく。角の片方が曲がっている。が、折れてはいない。ふらつく足をまわして、ゆっくりとこちらにむき直る。

「し……信じらんねぇ……」

「やっぱり……怪物だ」

ライディネスがもう一勝負かとセオルに手をかけたとき、トゥーラの後方から声がかかった。

「あいやぁ、しばし、ちょっと待ってくれい」

リコ爺さんだわ、とふりむけば、リクエンシス他一同が勢ぞろいしていた。

リコは片手に縒《よ》り縄の環を持って、ライディネスの前までちょこちょこと出てきた。おい、爺い、危ねえぞ、と手下が慌てるが、どこ吹く風で、

「あいつはゆえあって旅の友となったやつじゃってな、食われてはあまりにかわいそうじゃ。もとはサンジペルスという名の人間なんじゃよ」

「爺い、ボケてんのか？」

「ひっこんでろよ。怪我するぞ」

「わしは紐結びの魔道師で、リコと申す。これと同じ環っかをあやつの角にひっかけておったんじゃが、どこぞの誰かがはずしてしもうたらしい、それゆえあのように獰猛《どうもう》に暴れまわっとる。のう、厩ではおとなしかったじゃろ？　環っかを捨てたとたん、狂暴になったんじゃろ？」

ぎろりと大層芝居がかった横目で睨《にら》む。二人は、あ、と口をおさえ、青くなる。

「時間がない、要点を申そう。この環っかをあやつの角にかけさせてやる。さすればおとなしゅうなる。そのかわり、わしら旅の者、ええ……、ひぃふぅみぃ……六人と一頭を行かせてもらいたい」

話を聞いているうちにライディネスの顔がゆるんできていたが、とうとう満月のように丸くなったかと思うや、革袋が破裂するにも似た笑いを爆発させた。その、天をも切り裂くような大笑に、身構えていたサンジペルスもたじろいだ。

「おもしろいお年寄りだ、なあ！　テイクオク《テイクオク》の魔道師？　それは一体何のことだ？」

「じゃから、説明しとる暇はないんじゃ。騙されたと思って、これをあやつの角にひっかけてくれい。のう。お肉にされてはたまらんぞい」

目に涙を浮かべてすがるように言う。

「何かわけがある、と」

「そう、そう」

「もし、片がついたらしっかり説明してくれる、と」

「うん、うん」

よし、と出した片手へ素早く環を渡す。リクエンシスが気をもんで、リコ、危ないから早くこっちへ退がれ、と声をかける。ライディネスは再びセオルを翻して用心深い足取りで牛に近づいていく。牛は鼻息を荒くして、一度首をふりたて、ためた怒りを解き放った。

ライディネスはセオルを囮《おとり》に、自らは優雅に腰を退き、片手で牛の背中をさっとなでた。はためくセオルをつっきった牛は、疾風の走りからたちまち速さをゆるめてだく足になり、三呼吸後には停止した。角には見事に縄環がひっかかっていた。

全員が息をつめて見守る中、片足で土を数回掘った。それから佇《たたず》んで息を鎮めると、何とも間のびした鳴き声を一つあげ、倒れるように地面に座った。鼻息もおさまり、目には無邪気な光が戻り、尻尾でおのれの尻を軽く何度か打った。

リコは怖じける様子もなく近づいていき、その背中をやさしくなでてやる。

「これはびっくり！」

ライディネスが朗らかに叫んだ。

「爺様の言うとおりになるとは！　いやはや、世の中は広い。こんなこともあるものなのか！」

リコはふりかえってライディネスを見あげた。

「約束じゃ、わしらを行かせてくれい」

「よかろう、約束だ！　だがその前に説明してくれるとも言ったぞ。……どうだね、一緒に朝飯は」

「ならば、そこの宿で馳走になろう」

と、泊まった宿を指した。いつのまにか戸口がちゃんと戻っている。ライディネスが移動をはじめると、リコは彼をつついてトゥーラに注意をむけさせ、

「あのお嬢ちゃんも、じゃよ。六人、と言うたがな」

「あんたたちの仲間だったのか？　剣呑な女だぞ？」

「昨夜までは敵じゃったがな。それから縄をといてやってくれんかな」

「爺さん……あれはわたしが思うに、非常に危険な女だ。縄なぞ解いたら——」

トゥーラが両手を広げてみせると、ライディネスはひゅっと息を吸いこみ、後方ではリクエンシスが忍び笑いを漏らした。

小さな宿はもともとの宿泊客にライディネス、アムド、トゥーラの三人が加わると、身動きならないほどになった。隙間をおかみがなんとかすりぬけて、パン籠と乳をたっぷり使ったスープ鍋を置いた。めいめいの食器にそれぞれ盛りつける。

「トゥーラさん」

皆が匙《さじ》を口に入れるのを見まわしてから、ユーストゥスが話しかけてきた。

「頼むから、今度暴れるんだったら全部食べてからにしてくんない？　それでなくたって、朝っぱらから大騒ぎで疲れたし、腹ぺこなんだ」

トゥーラは食べ物を飲みこんでから返事をした。

「わたしもよ、疲れているし、腹ぺこだし」

「じゃあ、よかった」

安心して大口をあけて食べはじめるユーストゥスに、隣のリクエンシスがあやうく吹きだしそうになっていた。彼を一瞥したトゥーラは、慌てて視線をスープに落とした。それからしばらくは、全員が黙々と食事をしたためる。温かい食べ物は、トゥーラには特にありがたかった。ライディネス、アムドにしてみてもそうだったろう。

やがて腹を満たしたライディネスが木の匙で椀を叩き、注目を集めた。

「さて、と。では説明してもらおうかな。あの牛をおとなしくさせた方法、それから肉にしてはならんわけとやらを」

リコはその気になれば話し上手のお年寄りだった。その話しぶりは筋がとおっていて、あちこちに寄り道することなく、簡潔だった。

「……それゆえ、お肉にしてはならんと言うたのじゃ」

顚末《てんまつ》を語った最後の締めくくりとしてリコが半ばふんぞりかえったとき、トゥーラは途中に出てきた女魔道師の名前を記憶の中で転がしている最中だった。

「では、爺さんの使うテイクオクの魔法とは、どんなものなのだ?」

ライディネスの質問に、リコは鼻を天井にむけて答えはじめる。その間、トゥーラの頭では、エズキウム・キーナ村のエイリャのあっちの町での又聞き、こっちのごろつきの噂話、祖先の書簡に記されていた一言といった断片が、ひらひら舞いながらつなぎあわされていった。そう、キーナ村に住まう魔女、あるいは女魔道師、ウィダチスを操る、獣は彼女の友であり、ときに彼女自身化身する。床板一枚を狼一頭に変え、青ブナの実一粒を蜜蜂《みつばち》一匹に見せ、黒猫と意を通じあい、青い目の雪ヒョウがお気に入りで、使い魔は蝙蝠《こうもり》。娘が三人いたとか。夫を追いだしたとか。虚実ないまぜの魔道師像は、穴がたくさんあいたつぎはぎにすぎなかったが、トゥーラにとってはどうでもよかった。はっと目を瞠《みは》り、たちまち顔が輝きだした。

——大層な読書家で。

——世界を網羅《もうら》するほどの。

——大きな部屋いっぱいの巻物、本、古い古い竹簡もあるそうな。

そうした噂が誇張されていないとは言えない。けれども、もし本当にそういう図書室があるのだとしたら、昨夜否定された彼女の見解や、バーレンの予言、カヒースの解釈とのゆらぎを解明できるかもしれない。拝月教の元軌師《きし》が貯えている知識とすりあわせれば、真実が姿をあらわすかもしれない。

思い定めるとすぐに行動を起こしたくなるのはトゥーラの性癖だ。考えていることが顔に出やすいのもよくわかっているので、心して微笑をはりつけ、顔色をさぐられないようにしている。今も、そうやって何気ないふうを装っていたのだが、エミラーダとつい目が合った。エミラーダは顔を斜めに傾けて、先ほどからトゥーラを観察していたらしい。唇の下を人差し指で軽く叩きながら、碧《みどり》の目が小波《さざなみ》を立てるように笑った。見透かされているのだろうか、と不安になったとき、ライディネスの唸るような声がした。

「——そういうめでたい魔法であるのなら、ぜひともわたしのそばにいて役立ててもらいたいものだ」

それまで得々と説明していたリコが、奇声まじりの悲鳴をあげた。

「じゃから、さっき、言うたであろう、わしらは旅の途中なんじゃ、とどまることはできんのよ」

「なぁに、一年や二年遅れても大したことはあるまい？　どうせどこ行くあてのない旅ではないのか？　見れば何とも不可思議な一行ではないか。テイクオクの魔道師に護衛が二人、これはわからんわけでもないが、それに加えて、銀の髪の今なおうつくしいご婦人、ううむ、まるで拝月教の寺からさまよい出てきたような姥桜《うばざくら》――」

ユーストゥスが無遠慮に吹きだした。それにちらりと目をやって、

「礼儀を教わったことのない小僧が一人」

かっとして言いかえそうとしたユースにさらにたたみかける。

「それにすぐに頭に血がのぼる、自尊心だけは大きいこと山のごとし、傷つきやすきことラクーン（山羊《やぎ》の乳をかためた水菓子）のごとし。少し前の時代までは、おのれについての他人の評価をあれこれ悩む前に、一人前の人としての礼節を身につけるのが常識であったが、コンスル帝国の文化も帝位もろとも瓦礫とならん」

ユーストゥスは肩をマーセンサスにおさえられて、悔しさを呑みこんだ。

「だがそれ以上にちぐはぐなのは、このトゥーラ嬢だ！　昨夜までは敵だったと言いつつ、和解の様子もなく今日は仲間だと言う。リコ、リコ、一体何を言いつくろおうとやする」

「そういうあんたは何をするつもりなのか、教えちゃあくれまいか」

本物の魔道師が、ここではじめて口をはさんだ。大体、なぜリコ爺さんを魔道師に仕立てて、自分は一介の護衛のふりをしているのだろう。

わたしか？　と問いかえしたライディネスは、ゆっくりと立ちあがって暖炉に薪をくべたした。火の粉が舞いあがり、楽しげな歌をささやいた。

「わたしは帝国を建て直す……いや、そうではない、既存の帝国なぞ火にくべてしまえ……わたしは国を造ろうと思う。王国？　帝国？　共和国？　形態はまだわからん。訓練の行き届き、統制のとれた屈強な軍隊を、国の壁となす。耕し、飼い、商い、作る民を囲う。手はじめはウーラの町だった。ここから二日行程の、海に近い北東にある。そこを拠点にして、一昨年から力を養ってきたのだよ。ウーラから徐々に南下して、小さな拠点を設け、今、ここラァムにいる、というわけだ」

暖炉を背にして大仰に両手を広げてみせた。他の人物であれば、誇大妄想と一笑に付しただろう。だがトゥーラは一見ならず者の集団が一糸乱れず、一滴の血も流さず、町を制圧するのを目のあたりにしていた。

「彼ならやるかも」

思わず呟くのと、リコの声が重なった。

「カダーに対する包囲網じゃの。〈ペリヤの戦略〉と伝えられとる方策じゃな」

するとライディネスがうれしそうに叫んだ。

「だからなんだ！　リコ、あんたをそばにとどめおきたいのは魔道師である上に、知恵者でもあるからだ！」

「わしゃあ、年じゃ、ラ、イ、ディ、ン、殿」

「リコを危ないところにおいとくわけにはいかない」

　本物と偽物が同時に答えた。

「むろん、危ない目になぞあわせんさ！　わたしの隣で帝国の残照を惜しみつつ、新しい陽が昇りくるのを眺めていればいい」

「嫌じゃ」

「だめだ」

　ライディネスはあきらめなかった。二人を説得しにかかったが、すでに心を決めている二人は諾と応じることがなく、やりとりがつづく。トゥーラはだんだんいらいらしてきた。したいことがあるのに邪魔されるのが一番腹がたつ。

　とうとう彼女は、ナイフで切るように彼らの応酬を遮った。

「わたしたちはエズキウムへ行くのよ！」

　全員が動きを止めた。その一瞬をついて、トゥーラは飛びあがり、ライディネスの腰の短剣を抜いた。ライディネス自身が気づく前に、その喉には刃があてられていた。

「トゥーラ、だめじゃっ」

とリコ爺が叫び、エンスが、やめろトゥーラ、と片手をのばした。短剣を受けとろうとでもするかのように。トゥーラは微笑《ほほえ》み、

「だめじゃないわ。全員がここから自由にしてもらうために、必要なのよ。……手は動かさないでねぇ、ライディネス。指一本、足ずり一つであなたはあの世に行くはめになるわ。……アムド、あなたも動かないでよ。ライディネスの忠実な犬……というより獅子……猫さん。ユーストゥス、生命は助けてあげるから、扉をあけてちょうだい」

自分が、とびっくりしたユーストゥスだが、

「あけたらもう、おれを狙わない？」

と尋ねた。

「そうしたいのは山々だけど、ええ、約束する、狙わない」

「本当だな？　あんたって信用ならないから」

「本当よ、約束するから」

の言葉で、いそいそと扉をあけはなった。

「さあ、みんな出て」

一行に選択肢はない。なおも、やめるんじゃと言いつづけるリコを促してマーセンサス、ユース、エンスの順で敷居をまたぐ。最後のエミラーダが身体をまわしたそのとき、剣の鞘《さや》走る音が聞こえた。アムドがエミラーダの背中にその切先を突きつけていた。

「彼を放せ、はねっかえりめ」

「あららあ。そちらは彼女を人質に？」

「トゥーラ嬢、アムドの言うとおりにした方がいい」

と、これはライディネス。

「なぜ？」

トゥーラは嘲笑《ちょうしょう》する。一方、未来の王国を築く男は、喉元に刃があてられていても、鼻息一つ吹いただけで、平然とした様子。

「彼女は昨夜まで敵だったのよ。今朝になって仲間、なんて……そんなわけないじゃない！」

「いいや、なぜかはわからんが……ふむ、人と人が出会うと醸《かも》されるものもある。ということかな？　あんたは彼女を見すてない。それは、わかる。わたしの喉を平気でかっさばける、それもよくわかるのと同じように。あきらめた方がいい、トゥーラ。わたしを放せ」

「わたしたちはエズキウムに行くの」

「わかった」

「邪魔してごらんなさい。夜中に戻ってきて、眠りこけているあなたを殺すから」

「わかった、わかった」

なおも念をおそうと口をひらきかけたときだった。ライディネスの肩に何かが登ってきた。蜥蜴の碧の目。同時に戸口から、一本の紐が飛んできた。紐は水色と黄色のだんだら模様。

トゥーラがライディネスごと蜥蜴を突きとばすのと、部屋中で泡めいた何かが音をたててはじけるのが一緒だった。その一つが彼女の目の前で破裂した。指先で強く額を突かれたような衝撃。

のけぞった耳のそばでは、また別の一つがはじけた。目蓋《まぶた》に金と橙《だいだい》の無数の線が走る。視界が流れ、床が斜めに迫ってくる。意に反して膝が折れた。誰かのたくましい腕に――リクエンシス、大らかな男、彼のものだとうれしい――抱きとめられた。いささか乱暴にかかえあげられ、つっぷしているアムドやライディネスをまたぎとびこし――エミラーダの姿はとうになく、彼女も誰かに救いだされたのだとぼんやりと理解する――外の冷気を頰に受けた。壁がおりてきたかのように目の前が真っ白になった。だが、安心していいのだとわかった。わかったとたんにトゥーラは気を失った。

微笑みを浮かべながら。

9

おれたちはラァムの町からさほど離れていない山懐《やまふところ》にひそんでいた。夕暮れが迫り、寒風も吹きはじめていたが、北西に聳《そび》える山を背に、林間の窪地に落ち葉と共に身をよせあっているので、さほどみじめではなかった。

サンジペルスが草を食《は》みに藪《やぶ》の中に消え、おれとユースの二人で今宵の薪を集め、トゥーラはリコに延々と説教をくらい、エミラーダはそれに飽きもせずにつきあっていた。

林間に射しこんでいた淡い光が、白い花がしぼんでいくように薄れ、紫紺の紗幕の落ちかかる頃、用心深いゆっくりとした足音と共にマーセンサスが斥候から戻ってきた。

「追手はいない。連中は町の中だ」

全員の視線にそう答えると、ユースが両手を打ちあわせた。

「じゃ、火を焚いてもいいんだね?」

「ああ。火を焚いてもいい。あったかいものも食える……かな?」

おれとマーセンサスがエミラーダとトゥーラをかつぎだし、リコがサンジペルスをせきたてているあいだに、荷袋をユースが厩《うまや》からひっつかんできていた。それには火口、二日分ほどの食糧が入っていた。リコがいつも長衣の中に身につけている袋にも、彼の書きためた記録の他に、宿の食卓から失敬した干し果物が突っこんであった。それで、今夜と明日一日はなんとかなるだろう。

「やつら、町の外までは追ってこなんだか。……ライディネスは随分さっぱりしておるのう」

トゥーラに話しかけては黙り、また話しかけては自分の思考に戻っていたリコが首を傾げた。

「あきらめたわけではないでしょうけれど」

とエミラーダが小枝に干し肉を波うたせて器用に刺しながら言った。

「本来の目的を最優先にしているのでしょうね。ああいう男は判断力に秀でているわ。おそらく、ここ一、二年のあいだに、このあたり一帯を統率するでしょう」

「脇目もふらず……ってか？　帝国の夢の残りをむさぼりたい、ってわけでもなさそうだし、本当の目的がわからんから、不気味だな」

熾《おこ》した火に小枝をくべながら、マーセンサスが言った。それに即座に反応したのは、一番年若い者だ。

「不気味？　本当の目的？　王様になることじゃあ、ないの？」

「おまえさんは、額面どおりに人の言葉を受けとっちゃあなんねぇってことを、まず覚えるべきだな」

とマーセンサス。それへおれとリコがたしなめた。

「この稀有《けう》なる無垢に色をつけんでくれ」

「ひねこびた考え方を若いもんに教えてはいかんぞい」

するとトゥーラがしげしげと少年の横顔を眺めながら、不思議よねぇ、と呟《つぶや》いた。

「親に売られまでしたのに、変にすれていないいんですものねぇ」

「トゥーラさん、やめてくれますか？　トゥーラさんに言われると、背中に悪寒が走るんで」

ユースを除く全員が、思わずにやっとした。

「あ、おれ、水くんでくる」

逃げだした少年と入れ違いにサンジペルスが戻ってきて、リコの後ろに身体を横たえた。リコは妙な笑い声で歓迎し、さっそく背中を預ける。

「こうなると、カダーには行けないな。あんたのお誘いがふいになってしまった」

おれはエミラーダに話しかけた。エミラーダは肉串をひっくりかえしながら、かすかにうなずく。

「うすうすこうなるのでは、と思っておりました。それだから、軌師《きし》をやめてきたのですもの。

……ああ、でも、ご心配なく。カダーには水盤に月を視る新しい幻視軌師がおりますから。ライディネスの侵攻にちゃんと備えると思います」

「彼は寺院には手を出さないわ」

トゥーラが口をはさんだ。

「ラァムでもそうだったでしょ？」

エミラーダは手を止めて、少し考えこんでから、ええ、ええ、そうね、とうなずいた。

「だから、下手に抵抗するとかえって危ない」

マーセンサスがつけ足し、

「それを教えてやった方がいいんじゃないのか」

おれが提案した。

「だめよ」

と決めつけたのはトゥーラだった。

「わたしたちはエズキウムに行くの。エミラーダさんにも来てもらわなくては」

リコが額に手をあてて呻《うめ》いた。半日かけて断続的にした説教が、少しも功を奏さなかったからだ。だが、おれは大層おもしろく思った。寺院のことでエミラーダを慰めるやさしさを見せたかと思うや、彼女の都合など考慮の余地なしと決めつける峻烈《しゅんれつ》さ、この不均衡。にやついているとトゥーラと目が合った。大きくなった火のせいか、それとも赤面したのか、そむけた彼女の頬が赤くなったように見えて、おれは少々気を良くした。

「エズキウムは遠いぞい」

リコが嘆くと、サンジペルスがゆさゆさと身体をゆすって反対の意を表した。

「じゃあ、リコはここに残ってライディネスの参謀をしながら待てばいい」

と、トゥーラの肩を持ってみる。とたんに爺さんはむくっと起きあがって怒りだした。そのわめき声にまじって、別の音が聞こえた。手でリコを制した。ユースの悲鳴が響く。マーセンサスが素早く立ちあがり、トゥーラが武器を手さぐりする。

闇の中からユースが転がり出てきた。落ち葉が舞いあがり、火に金と茶の葉片が浮きあがっては沈む。ユースはマーセンサスの足元で一回転すると、闇を指さして、虎、と叫んだ。

「虎がいる！　虎！」

おれとマーセンサスとトゥーラが抜剣した。トゥーラは自身の短弓を取りあげられてしまったので、さっきエミラーダが干し肉を切り分けるのに使ったナイフを構えていた。さすがだ、とおれは感心する。ナイフ一つで虎に立ちむかおうというのか。天晴《あっぱれ》な女だ。

落ち葉を踏んで近づいてくる足音は、重い肉体をもつ獣《けもの》のものだった。あれは、わざとおれたちに聞かせるための足音だ、とわかって、ぞくりとした。これはあなどってはならないぞ。

三馬身離れた場所に、黄金の二つの点があらわれた。唸りも響く。なるほど、虎だ。おれとマーセンサスは、剣と剣を打ちあわせた。金属音がこちらの威嚇《いかく》というわけだ。虎はいっとき足を止めた。それからすたすたと歩いてきて、灯のあたる際《きわ》まで進みでた。

「……虎……？」

「いいや……山猫？」

大男二人がいぶかしがる。山猫だって、充分危険だ、おっかないぞ、と後ろでユースが騒ぎたてる。光と闇の境界線を一歩踏みだしたとき、山猫だと思ったものは、どう見ても家猫になっていた。茶色に黒縞、まあ、一般で言う家猫の三倍はある、大猫ではあったものの。

「まあ、猫ちゃん」

甘い声を出したのはトゥーラだった。構えていたナイフを懐《ふところ》にしまって跪《ひざまず》き、片手で誘いをかける。

「おいで、迷子ちゃん。おいで。お肉があるわよ」

おれとマーセンサスが一瞬、自分たちの食糧を心配しているあいだに、大猫はしなやかな動きでトゥーラの手に頭をこすりつけていた。

「……虎？」

おれはユースをふりかえり、マーセンサスも剣をおさめながら、

「山猫？」

と尋ね、恐怖におののいていた少年が口をぱくつかせると、大爆笑である。だって本当に、虎の唸り声だったんだよ、大きい目玉が二つ浮かんでいたんだ、あんたたちもあの足音聞いたろう、とまっ赤に激して唾を飛ばすユーストゥスを指さして、さらに大笑いした。

大猫はトゥーラに抱かれてしばらく甘えていたが、そのうち彼女の肩に前足を置いて、頭をもたげた。なるほど、山猫だ、となおもマーセンサスがからかったのは、その前足も頭もやたらに大きいと改めてわかったからだ。と、猫はもがくようにしてトゥーラの腕からすりぬけ、その大きさからは想像できない素早さで一馬身を走り、牛の背中に飛び乗った。驚いて立ちあがろうとする牛の頭の上まで駆け登り、あの大きい前足で目と鼻面のあいだをぺしり、と打った。立ちあがろうとしていたサンジペルスの膝が再び折れる。さらに数度、猫殴りがつづくと、牛は降参のしるしに長々と鳴き声をあげた。

満足した猫が飛びおりた直後、猫ではなくなっていた。小柄な三十すぎの、行商人風の女が立っていた。両手を腰に仁王立ちになり、ふん、と鼻息をつき、豊かな胸を揺らした。

「ああ、まったく！」

とおれたちを睨《ね》めつける。その低くも高くもない声に、半ば時に倦《う》んだ者のもつあきらめと、それに抗《あらが》うしたたかな強靭《きょうじん》さを聞きとった。

「街道に迷路を作ったのは誰？　おかげで本当に迷子になってしまった。どいつもこいつも節操のない！　こいつの顔見たら、またむかむかしたよ！」

皆が口をあけていた。ただ、リコだけは立ち直りが早かった。おたおたと腰をあげると、両手を広げて、

「もしかして……もしかしてあんた、あの、名高いウィダチスの……エイリャさんかい？」

「おや、爺さん、あたしを見破ったね？」

「見破るもなにも……獣に姿を変える魔道師じゃろ？」

エイリャはふうん、と頭のてっぺんから爪先までをじろっと睨《にら》んでから、袖から無茶苦茶な結び方をした紐の一部をとりだした。

「これは、あんたの仕業だね？」

彼女が虎の唸りでリコに飛びかかろうとする寸前に、おれが叫んだ。

「悪かった、エイリャさん、それはおれの仕事で！」

「用心棒に用はないよ。おどき。決着はつけないとねぇ」

「いや、おれは用心棒ではなく、おれが魔道師で」

「嘘をお言い。誰がどう見たって、そっちの爺いが魔道師に決まってる」

汗がどっと噴きだしてきた。頑固そうな女だ。納得させるまでこれは骨だぞ。と、トゥーラが彼女の隣に立った。

「わたしたち、あなたのところまで行く途中だったの！」

今度はユースがひっくりかえって笑いだした。するとエミラーダがゆっくりと立ちあがった。

「わたくし、拝月教軌師《はいげつきよう》をしておりましたエミラーダと申します。お噂はかねがね」

「ああ、あんたなら話が通じそうだ」

またユースが大笑いする。他の全員で——サンジペルスを除く……おお、ダンダンも除く——黙ってろ、と一喝した。エミラーダが水のようななめらかさで一人一人を紹介した。全員の名前と素性が伝わると、エイリャは佇立《ちよりつ》していたが、どうやらその時間は、自分の思いこみをなだめて事実を受けいれるために要したものらしかった。

「……で、あんたが魔道師」

ようやくおれを認めてくれた。おれはゆっくりしたうなずきで応えた。

「爺さんは魔道師の祐筆《ゆうひつ》」

「そのとおり、そのとおり。ここであんたに会えるとは、すばらしいことじゃ！」

抱きつかんばかりに両腕を広げたリコを無視して、エイリャは残りの面々と軽くうなずきあい、吐息と共に両肩を落とした。

「なんだい、気がそがれてしまったよ。座らせてもらっていいかい？」

皆は喜んで席をあけた。エイリャが腰をおろしたのはユーストゥスの隣だった。それまで忍び笑いをつづけていた少年は、とたんにちぢみあがっておとなしくなった。

「肉があるってさっき言わなかったかい？」

エイリャの催促に、慌てて一番うまそうなあぶり肉を取りあげる。手渡された女魔道師は、山猫の口でかぶりつき、むしゃむしゃと頬ばりながら指を立てた。

「ああ、なんであたしがこんなところをうろついているのかって聞きたいんだね。とっくにおうちに帰っていてしかるべきなのに、ってね」

「わしたちゃ、あんたに会いにいこうか、どうしようかと相談しようとしておったんじゃよ」

「エズキウムに行くのよ」

とトゥーラ。

「そうでなきゃ、謎はとけないわ」

「お嬢ちゃん、ちょっと我慢しておくれ」

エイリャは横目で一睨みしたが、それは、黙らなければ兎《うさぎ》に変えてしまうよ、との無言の圧力だった。さすがのトゥーラも口を閉じる。

「まずはあたしが説明した方が早いだろう。……喉が渇いたね。葡萄酒かなにか、ないのかい？　水しかない？　仕方ないいね」

ユースが怖々さしだした水袋を傾けて喉を潤《うるお》してから、牛に顎をしゃくって、

「そこの馬鹿息子の村は、あたしの保養所だったんだけどね。そいつのおかげで気分が台無しになってしまっただろ？　いっそイスリルの先鋒隊をおがんでこようと思いたって、ローランディアをのぞきにいったんだよ。いやはや、イスリルの軍団もおちたもんだね。昔はもっと規律もしっかりしていて、あんな、野盗まがいの真似なんぞ、決して許されなかったんだろうけどね……」

「サンサンディアの町まで行かれたんですか」

おれが身を乗りだすと、エイリャは肩をすくめた。

「上から眺めただけさ。あたしは鳥だった」

「荒らされていましたか」

「特に魔道師軍団──昔は、それこそ泣く子も黙る、身体中から瘴気《しょうき》を発して歩くほどだったが、今じゃ力の浪費が権威を見せつけることだと思い違いしている馬鹿者ばかりだよ。ありゃ、この冬ももたせられないね。春には東のペッラあたりまで撤退するだろうさ。ただね、ちょいとひっかかる男がいてね、軍団を抜けだして水路を西にたどっているのが気になったよ」

「イスリルの魔道師が単独で？　そいつぁ、あんまし聞いたことがねぇな」

マーセンサスの口調には珍しく皮肉の色がまぶされていなかった。おれはぴんときて、つい顔をもちあげたので、エイリャの視線と真っ向からむきあうはめになった。エイリャはおれから目を離さずにつづけた。

「そいつは何かの気配をさぐるように水路をのぞきこんでいた。あたしゃ、朽木の上のカワセミになっていたが、そいつの頭巾の中は髑髏《どくろ》じゃないかと思うほど、禍々《まがまが》しい雰囲気に包まれていたね。死臭、というより、なんだろうね、ぎらぎらした歪んだ欲望、というのだろうかね――」

「悪意だ」

おれは呟かざるをえなかった。エイリャの目は、おれが知っていることを知っている、と告げていたのだから。

「そいつはおれの土地に入りこみ、大々伯父の墓から執着をひっぱりだしたやつだ。コンスル人に対する悪意……いや、自分以外の者への底知れない憎しみと悪意を発散させるために……」

「それが、あれ？　あの、網の化物」

ユーストゥスが目を見ひらいた。エミラーダもわずかに首を傾ける。

「大々伯父様の、執着？」

おれは両手のひらで額から顎までをなでた。

「悪意は悪意を呼ぶ。闇は闇に応える」

その悪意も闇も、おれの奥底まで到達はするが、共鳴はしない。

「網の化物になって執着の目標たるおれを追いかけてきた。それで、おれが迷路を仕掛け、あんたもそれにひっかかった」

「なるほどねえ。……あたしが見たのは、化物はいまだにあんたをさがしつづけ、いつまでたっても手応えのないことに不審を抱いた魔道師が化物のあとを追って、ローランディアをまもなく抜けようというところ、なわけか」

エミラーダとエイリャを除く全員が一斉に騒ぎだした。大々伯父に対する質問や、化物退治の可能性についての意見がとびかった。ユーストゥスなどは巻きぞえをくいたくはない、と明言する始末。

「逃げつづけているあいだ、化物はどこまでも追ってくるわね」

とエミラーダが首をふった。静かなその声は、風にたわむ枝のあいだに射しこむ月光のように、皆の騒ぎをしずめた。その一瞬の沈黙に、

「そして魔道師も」

とエイリャが小石を放ったものだから、また口々にわめきはじめる。

「あんたも魔道師のはしくれだろう？　さっさと退治してしまえよ」

とユーストゥス。リコはがさごそと書きつけをさがしはじめる。

「何かあるはずじゃ。あやつをやっつける魔法があるはずじゃ」

「おれとおまえの剣で切り刻んでおしまい、になればなあ」

マーセンサスがぼやき、トゥーラは、

「水と関わりがあるのなら、山火事でもおこして焼き払ってしまったら？」

と彼女らしい発想をする。エミラーダが片手をあげて皆を制してから、

「わたくしは、あなたと〈墓暴き〉の魔道師を視ました。あなたには助けがいる、そしてわたくしにはあなたの助けがいる、とわかりました。それから」

あげた片手でユーストゥスを指し示し、

「予言された剣《つるぎ》と」

次になぜかトゥーラに顔をむけて、

「狐の紋章の指輪をはめた軍人あがりの徒党の長《おさ》と」

雲の走る夜空を仰ぎ、

「目もさめるほどうつくしい一個の宝石。今はまだあらわれてこないけれど」

嘆息をついて肩を落とした。

「トゥーラ嬢の言うとおりですね。こうなってみると、謎だらけ、まちがいだらけの予言。曖《あい》昧模糊《まいもこ》とした霧の奥にひそむ真実をひきだすには、エイリャさんの助けがいります」

「エズキウムに行くのよ！」

トゥーラが両手を打ちあわせて飛びあがった。エイリャは険しい視線を送り、指二本を上下させせて彼女を再び座につけた。

「さっきからあんたは叫んでいるけどね、人の家にあがりこもうっていうには礼儀と説明が必要だってこと、わかっておいでかい？　節操のない子はウズラに変えてしまうよ。ちゃんとわけをお話し」

それを説明したのはエミラーダだった。彼女の視た予言とトゥーラの調べあげた未来図がかみあわないこと、おそらく欠損部分が多数あるのだということ。あるいはバーレンの予言書の書き写しまちがいか、カヒースの解読のあやまちか、両方重なりあっている最悪の事態なのか。

「それだから、図書館に匹敵する書庫が必要なのです。カダー寺院にも、ペレスやキスプにも図書館はありますけれど、瓦礫《がれき》の下になっていたり、焼きうちにかけられたりして今は役にたちません。他に蔵書がそろっているところとなれば――」

「エイリャさんのところしかないのよ」

トゥーラがエミラーダのあとをひきとって小声で言った。

「お断りだね」

エイリャは言下に拒否した。

「あたしの書庫を開放するわけにはいかないよ。嫌だね。それに、この面々でエズキウムまで行くって？　往復四ヶ月はかかるだろうさ。戻ってきたときにゃ、あの軍人あがりのならず者がダルフ一帯をすっかり牛耳っているだろうね。カダーの町の包囲網をたちまちつくりあげたあのライディネスという男は、只者ではないよ。腹心の部下が十人ほど手足のように動いている。抵抗した者には容赦がない。ニエンタという小さい町では、三人の男が反抗したがために、住人皆殺しの憂き目にあった。あたしはあの男が瞬き一つせずに老女の胸を突き刺すのを見たよ。老女は歯を剝いて彼を睨みあげただけだったのにね。その直後に彼は剣を投げだし、老女を抱きかかえて涙ながらに赦しを乞うた。亡骸《なきがら》を地面に横たえると、そばにいた老女の孫を抱きしめた。剣を拾い、立ちあがって踵《きびす》をかえしたその目にはまだ涙が浮かんでいたけれども、切れ味のいい刃のような冷たい光を宿していたよ」

「……芝居がうまいって、こと？」

「いいや、坊や。彼はそれらすべてに本気だった。殺《あや》めた老婆への悔恨も同情も憐憫《れんびん》も、孫への謝罪の言葉も。それでいて踵をかえした直後に、皆殺しの命令を冷然と下した。全部本心さ。だからこそ怖ろしい」

「でも彼は、拝月教寺院には手を出さないと約束したわ」

「約束なんか、平然と破るだろう、状況が変化すれば対処も変化する。それがコンスル軍の指揮官だった男にはしみついているだろうからね」

ううむ、とマーセンサスが唸った。

「底知れない男のようだな。一度、手合わせねがいたいものだ」

「カダーに警告すべきじゃ。なるべく早く」

「あんたたちがおおむね善意の集団らしいとはわかったよ」

エイリャはつづける。

「あたしの書庫は見せられないけれど、あんたたちを手伝えることは二つ三つあるかもね。カダーへの警告は、あたしの使い魔を貸してあげよう。朝になったら馬があらわれる。そのたてがみに警告文を結びつければ、カダーに運んでくれるだろう。それから、あたしの書庫から関連しそうな本を持ってこさせるとしよう」

エイリャは意味ありげな視線を牛のサンジペルスに送った。牛はあたふたと立ちあがったので、もたれていたリコが後ろにひっくりかえった。エイリャが指で招くと、牛は嫌々ながら火をまわってそばに近づいた。

「おまえさんがちゃんと役割を果たしたら、人間に戻してあげようかね。いいかい、そのちっちゃなおつむでちゃんと覚えておおき。おまえさんは夜に日をついで、空を飛ぶ。夜はフクロウの姿、昼はオオワシの姿をして、エズキウムはキーナ村の御天守山、エイリャの住まいまで三日でお行き。普通に飛んでも五日はかかる行程だからね、よほど覚悟して行くんだよ。エイリャの家についたらまっすぐ書庫へ入り――目くらましだの、魔法の鍵だのがかかっているが、『ケルシュ』と唱えりゃ入れるからね――『バーレンの大予言補遺』と、『カヒースの半生をたどる』と『予言解読法大全』と『星読みにおける陥穽《かんせい》及び修正についての考察』の四冊をおさがし。一つは巻物、一つは棚の奥の奥に入っているからね。そのときだけは、人間の姿に戻っているよ。だが、余計なことを考えたりしてはいけない。さがした本に右手の薬指をあてること。そうすれば、四冊すべてが雁《がん》に変わる。四羽の雁と一緒に家を出れば、おまえさんもまた、雁になる。夜は眠ってもいいが、月夜であれば飛びつづけることができるだろう。四日であたしのところに戻ってきたら、おまえさんをちゃんと人間に戻してやろう。この試練、まっとうできなきゃおまえさんは一生獣のままになる。牛のままか、雁のままか、はたまたネズミか蛇になるかだ。だからいいかい、死ぬ気でがんばりな。ずるもごまかしも脇目もなしだよ。わかったね」

サンジペルスがそんな無茶な、とでも言うかのように抗議の鳴き声をあげた。その声が終わらないうちにエイリャの指が牛の額にふれた。牛の声はフクロウのものとなって闇に吸いこまれた。無音の風を残して、マダラフクロウの大きなかたまりが夜空に飛んでいく。

皆の視線が闇から焚火へと移ると、エイリャが再び口をひらいた。

「さて、と。テイクオクの魔道師が仕掛けた、下手くそな迷路みたいにこんがらがっている話を整理しようじゃないか。まずは嬢ちゃん、あんたの見解にはどうも不審な点がある。あんたが肚を割って語らない限り、誰もあんたを信用しないだろう。だから、あんたが考えていることを包み隠さずしゃべらなきゃ、謎はとけないし、誰も助けてはくれないよ。魔女たちを解放したいという願いはよくわかる。だが、魔女の解放と抜かれた剣との関連性がよくわからない。そこを説明しておくれ」

トゥーラはしばらく下唇を噛んで逡《しゅん》巡《じゅん》していた。おれの肩の上でダンダンが身動きし、尻尾を揺らした。上空を渡っていく風が、森の梢《こずえ》を波のように鳴らしていった。焚火の炎が斜めになって今にも消えそうになり、風が過ぎゆくと再び勢いをもりかえして、前より元気よくぱちぱちと爆《は》ぜた。トゥーラは静かに息を吸うと歌うように語りだした。

「抜けば　解呪と呼ばれたる剣／呪われし大地のことども　解き放たれ／結び目のほどけたれば／碧《みどり》の瞳のあきたれば……バーレンの予言書の第一四章の一部。この章はここしか残っていないの。解呪の剣、はユースが持っているそのちゃっちい剣のこと。ユースが蹴とばして盛土から抜いた」

「どれ、その剣を見せてごらん」

ユースは素直に襤褸布《ぼろぬの》ごとエイリャに渡す。エイリャは布をひらいてそっと手をかざした。

「この剣、他に変わったことはなかったかえ?」

「ううん、何も……」

「切れない剣だ」

とマーセンサスが断じ、リコも口をはさんだ。

「わしの記録じゃ、解放者を見いだす剣、とあったぞい」

「まさしく解呪の剣、です。大昔からの伝説。特定の人物が握ればあらゆる呪いを解くと言われている」

エミラーダもつけ加えたので、おれは頭をかかえた。長い年月が真実を歪ませ、隠し、わけのわからないものにしてしまった。これらをどう整理していいのやら。

「この剣に様々な話がまとわりついているのは仕方がないとして」

エイリャは慎重に布切れで剣をおおい、ユースに戻した。ユースはリコの口真似をした。

「刃は浄めの魔法でできておるのじゃ」

「これ、少年。そういう、人を馬鹿にしたような言動は控えた方が良い」

エイリャが目を光らせて睨んだので、ユースは首をちぢめた。

「とはいえ、おまえさんはいまだお子様ゆえ、平気でこれにさわれたであろう？　われらのような魔道師、それから魔女」

おれとトゥーラに目を移して、

「……は、この刃にふれられたら雷に打たれたような衝撃を感じるであろうよ。普通のおとなも、少しはぴりっとくるやもしれぬが」

「おれは、何ともなかったぞ。おれもお子ちゃまか?」

マーセンサスが半ばがっかりしたように呟き、皆の微笑を誘った。おれも何も感じなかったぞ、とふりかえって、ああそうかと合点がいった。帯結びに護りの魔法をかけてある。それでか。

ユースが、

「破魔の剣?」

と確信なさそうに呟くと、マーセンサスは深く納得したようだった。

「たまにはどんぴしゃ言いあてる、か、少年。そうか、だからあのとき、トゥーラは川に落ち、化物も退いたのか」

ラァムの町に入る際、橋上での大騒動を思いだした。トゥーラも思いだしたように声をあげた。

「ええ、そう! あのとき、身体中がいきなりしびれてしまったの!」

「そうか! それならユーストゥス、おまえが、化物退治をしてくれ!」

え、おれが、と倉皇《そうこう》とするユース、それにかぶせるようにエミラーダとトゥーラが、だめよ、それはだめ、と異口同音に叫んだ。

「あれはあなたにかけられた呪いなのですよ。あなたの試練はあなたが解決すべきことなのです」

「その剣はそんなことに使うべきじゃないの! 解放のための剣なんだから!」

「さ、これではっきりしたね」

にやにやしているおれを目でたしなめてから、エイリャがまとめた。

「種々諸説はあるとして、破魔の剣はこのあたりにつなぎとめられておる呪いを浄化するらしい、とな。ただしこれ一つではかなわんのかもしれないね。結び目のほどけたれば／碧の瞳のあきたれば、という文言が、剣にかかっているのか、それとも失われた次の行を指して説明しているのか、それはサンジペルスの持ってくる書物を読まねば、のう」

「その結び目というのは、キスプのキサンの廃墟に残っている〈レドの結び目〉のことよ」

トゥーラが渋々告げると、エミラーダが思いだす。

「ああ、それも女王がからむお話として伝わっていますわ。編み手の女王の名を口にすれば結び目がほどける、とか」

「それは逆だと教わったわ。結び目を護る神官くずれの男が教えてくれたの。結び目をとけば、女王の名が明らかになって、あちこちにかけられた呪いがとけるらしい、と」

「ならそりゃ簡単だ。剣でばっさりやれば良い」

「あなたと同じことを試みた人が何人もいたそうよ、マース」

マース、だって？　とおれは目を剝いた。おれでさえ彼の名をちぢめたりしないのに、トゥーラが親しげにマース、なんぞと呼ぶとは。

「剣は折れ、切りつけた本人も三馬身ほどふっとんだ、とか」

「それは剣では解決しない、ということじゃ。武力を拒否する。つまりは、結び目を機知と計算と頭脳でとかにゃならんということじゃ。エンス、結び目と聞いて、もしかしたらと思ったが、おまえにゃちと無理かも、じゃなあ？」

きひひひひ、とリコが馬鹿にした。おれも両手をあげてみせた。

「指先の器用さでは誰にも負けないけれどなぁ」

「わたしが手伝うわ」

トゥーラがにっこりした。

「キスプまで見にいってきたの。とても複雑でうつくしい模様の紐結びよ。もしかしたら、あなたとわたしでとけるかも。機知と計算と紐ほどきの魔力とで。ただ、解呪の剣との関連がエイリャさんのおっしゃるとおり、はっきりしないと。それに、碧の目、というのが――」

「それはわたくしが知っていると思いますよ」

エミラーダが言った。

「月の幻視に出てきましたの。おそらく、碧色をした大きな宝石のことでしょう。そこまでしか、わからないのですけれど……」

うつむいた彼女の額に、何かを思い悩むような縦皺《たてじわ》があらわれていた。

「まあそれでも、これでかなりはっきりしてきたじゃあ、ないの」

エイリャがさばさばとした口調でまとめた。すると、ユーストゥスが慌てて背中をのばした。

「ちょっと待って、待ってよ！　まだわかんないことが残ってるだろ？」

全員のいぶかしげな顔を見て、ユーストゥスは親指を胸に突きたて、

「おれ！　おれのこと！　おれはじゃあ、何者なのかってこと！　それに、なんでトゥーラさんがおれを殺そうとしたかってこと！」

「おまえが何者かだって？」

マーセンサスとおれは顔を見合わせて、にやりとした。

「そりゃ、おまえ、自分で見つけにゃあならんことだろう」

「今のおまえは一言で言いあらわせられるぞ、お子様、ってな」

そんな、無責任な、と立ちあがろうとする肩をリコがおさえつける。

「二人の言うとおりじゃよ、少年。誰かが何かしてくれると思っとるうちは、なあ？」

三人で口をそろえた。

「お子様、ってことよ」

唇を尖らせて仕方なく座り直したあと、じゃ、トゥーラさんは、とあくまでも彼女の動機を追及したいユーストゥスだった。

「トゥーラさん？」

問われて肩をすくめ、ごめんなさいねぇ、と例の口癖を発したあと、

「わたし、最初はナフェサスこそが抜くべき剣だと思いこんでいたのよ。ほら、思いこみの激しい一途な女、だから、ね？」

自分で言うか、とユースは思ったらしいが、さすがに口を閉じて我慢した様子。

「そりゃもう、あんたより小さい頃からそう信じていたの。だって、オルンのあたりで人の上

に立てそうなのはナフェサスだけだったんですもの。なのに、あんたときたら、鬼ごっこのついでに剣を蹴っとばしてくれたでしょ？　もう、頭にきたわよ」

「それで、おれを追っかけまわしたの？　それだけで？」

「あんたにはそれだけでも、わたしにとっては十年ものあいだの信仰が足元から崩れたようなものだったのっ。天と地がひっくりかえったと感じたわ」

「それにしても……しつこすぎやしなかった？」

「わたしはやるとなったら最後までやる。物事は完遂しなければ、意味がないのよ、坊や。そして完遂させるために必要なのは、いつだって、断念しないこと、なの」

「それって……執念深いっていうんじゃないの？　蛇みたいに」

「わたしには爬虫類《はちゅうるい》の話をしないで！　今だってその気になれば、あんたを殺せるってこと、覚えておくことね」

　怒ったトゥーラの上気した頬と虎のように光る目のなんとうつくしいことか。ぼうっと見とれていると、マーセンサスに肘でこづかれた。おれは咳払いをして言った。

「よし、それで一件落着だな」

　ユーストゥスはまだ何か言いたげであったものの、リコに肩をおさえられて、ふくれっ面をした。しかしまたすぐに口をひらいた。

「ねえ、おれがよそ者だから知らないだけなのかもしれないけれど、『このあたりにつなぎとめられている呪い』っていうのも、ちゃんと網羅《もうら》しておかないとまずいんじゃあ、ないの？」

おとなたちは、そこまで思い至らなかった、と顔を見合わせたが、トゥーラがぴしゃりと、必要ないわ、と断言した。もう言うべきことは言ったと感じたのだろうか、あくびまじりの溜《ため》息《いき》をついた。

「魔女たちが解放されれば、わたしはそれでいいもの」

「〈レドの結び目〉と碧の石と剣が連動すれば、すべての呪いがとけるのでしょう？　どんな呪いなのかそれはそれで知っておいた方がよろしいのでは？」

エミラーダがたしなめる。リコとおれとマーセンサスは大きく頷いた。

「おれたちもよそ者だ。知っておきたいね」

「そんなにたくさん呪いがあるのかい、ダルフには」

リコはいそいそと書きつけをとりだして、火の明かりで見えるように身体を斜めにした。エミラーダが指折り数えあげる。

「〈白塔の封印〉、〈黒き水の浄化〉、〈脅迫の叫びをあげる洞窟〉、〈さまよう岩〉、〈亡霊の沼〉、そんなところかしら。改めて数えあげれば、どれもその地方にいっとき話題になり、忘れられたことばかり。そういう場所には人は近づかないし、森や土砂におおわれて隠されてしまうから。封じられた魔女たちの伝説だって、トゥーラさんが気づかなければ誰も知らなかったことでしょう？」

「有名なのは〈白塔の封印〉だろうね。その話は、エズキウムまで聞こえてきたからね」

エイリャがそう言うと、トゥーラはまたあくびを嚙み殺して、ええと生返事をした。

「その白塔は、ユースが剣を蹴っとばしたそばに建っているの。何も封印されている気配はないんだけど」

「ああ、あの塔か。棺桶みたいなやつ、蝙蝠《こうもり》の棲家になっていたよな。じゃ、黒き水ってのは、あそこの小っさい泉のことかな?」

トゥーラはまたあくびを片手で隠し、そう、と短い返事をした。エイリャがきらりと目を光らせた。

「同じ場所に三つの魔法? こりゃ興味深いね。行ってみようじゃないか」

ユースは抗議の声をあげ、エミラーダとリコはぜひ、と身を乗りだし、トゥーラは片手をひらひらさせて、

「じゃあ、案内するわ。明日ね。もうわたし、眠いので……寝る」

誰かの合切袋を枕がわりに、セオルを巻きつけて横になった。赤銅《あかがね》色の髪が地面に広がり、夕陽を呑もうとする湖面のような昏《くら》い輝きの波を作った。

「ほい、これで決まりじゃ」

リコがうれしそうに小さく叫んで、書き物道具を袋におさめはじめ、それではわたくしたちも休ませてもらいますわ、とエミラーダとエイリャがトゥーラにならって寝支度をはじめる。

眉尻を情けないほど下げて、ユーストゥスがおれに訴えた。

「おれ、行きたくないよ。行ったらナフェサスさんと鉢合わせするかもしれないし。殺されるよ」

「ふむ。ちと長旅になりそうだな。リコが心配だ。おれたちは残るか」

と口にすると、リコがだめじゃ、と睨んできた。トゥーラがむこうむきに寝がえりをうちながら、

「あなたも来るのよ、テイクオクの魔道師。〈レドの結び目〉、見たくない？」

「同じ方向にあるのか？」

「そうよ。キスプのこちら側。あれを見たら、あなた、きっと――するわ」

おれがどうするのか、聞きとれなかったが、〈レドの結び目〉は見たい。それに、トゥーラの誘いとあらば、乗らねばなるまい。マーセンサスが隣で大きく吐息をついた。それから半ばあきらめの表情でユーストゥスにうなずいた。

「こうなったら仕方ない。だが安心しろ、おまえさんはこのマーセンサスが護ってやるからな」

少年は涙目でマーセンサスとおれを見比べ、まあ、あんたたち二人なら、と呟いた。

「ナフェサスさんよりゃ強いかも」

10

トゥーラの道案内は正確だった。彼女は山中の獣道《けものみち》でさえ、どこにむかっていくのかをちゃんと知っていた。エイリャの放つ使い魔も優秀な斥候だった。木々を渡っていく栗鼠《りす》、草地の空を横切るタカ、沢ぞいに逍遥《しょうよう》する鹿、崖っぷちから睥睨《へいげい》する山羊《やぎ》、ときには砂地や小川をもぐって無表情に、しかし鋭い観察眼の蛇などが、行く手の情報をもたらしてくれた。

おかげでおれたちは、噂話の大好きな村人や異常な事柄に敏感な狩人や山男たちの目をくらませて進むことができた。ラァムの町からのびている街道を使えば、トゥーラの家のあるオルンまで五、六日という距離だったが、おれたちは喜んで山中の道を行った。寒さは日に日に厳しくなって、野宿にはつらい夜がつづいたが、エイリャが狼たちを呼びよせてからは、毛皮の絨毯《じゅうたん》に埋もれて眠るという、至福の寝《やす》み方ができるようになった。特にリコは上機嫌で、足にタコができただの、ふくらはぎがつるだのと、いつもの文句も元気たっぷりで、おれを安心させた。

この年は例年になく冬の遅い年で、そうでなかったならもっと道行きは難儀しただろう。湿った風は吹いても雨は降らず、霧が渦巻いても霜のおりることは少なく、見通しの良くなった雑木林のむこうではたまに太陽が気まぐれな歌を歌い、眠そうな昼の月が貝殻の色をして浮かんでいるのだった。

村邑《そんゆう》を避け、人家を極力遠巻きにして芋虫《いもむし》のごとく山野を横切っていったので、点在する町や村がどんな試練にあっているかなど知るよしもなかった。エイリャの全神経は道筋の先に注がれていたし、トゥーラはナフェサスに出くわさないよう、進路を選んでいたからだ。他の者は安心して二人に任せ、まあ、心地良い旅ができていたのだが、ただ一人、刺激を欲する浅慮《せんりょ》の者がいた。

ゆっくりと歩む日々に倦《う》みはじめたユーストゥスが、ときおり逸脱するようになった。山羊の真似をして岩崖をおりてみたり、頑丈なカシの枝にとりついててっぺん近くまで登ってみたり。明日の食糧となる兎《うさぎ》をさばくことや、薪集めや水汲みにはぶつくさと不平不満を呟《つぶや》き、マーセンサスに足払いをかけられたのも一度ならず。

ある日の夕刻、おれたちは小さな谷の縁に至った。山陰《やまかげ》となってすでに闇に染まっている沼と二軒の農家とカラン麦畑のある谷だった。トゥーラは他に道がないので、むこうの尾根の根元まで夜陰に紛れて麦畑の端をつっきるしかない、と決断した。薄暗さが増してきて、晴れていた空にも雲がかかりはじめていた。風よけの低い石積みの陰にうずくまりながら、家人が屋内に入るまで待った。ユースがトゥーラにささやいた。

「ねえ。あの家に、犬とか鶏とか、いる？」

「よく覚えていないけれど、確か、老犬が二匹いたと思うわ」

「じゃあ、おれたちが通ったら吠えるかな？」

「暖炉のそばで耳を動かすことくらいはするだろうけれど、吠えはしないと思う」

「そっか。じゃ、心配ないな」

　おれはトゥーラの声に聞きほれていたので、ユースの言ったことをさして気にもとめずにいた。マーセンサスが何か言おうとしたとき、農家の窓に灯りがついた。すぐに板戸がおろされて、それは見えなくなってしまったが、かすかに光の筋が玄関から漏れだしていた。

「そうそう鋭い人たちじゃないと思うけれど、なるべく静かに。リコ、くしゃみなんかしないでね。思う以上にそういうのって響くから」

　トゥーラは肩越しに注意を与えると、積み石の切れ間に身体をすべりこませた。石を転がさないよう気をつけて、と言われたので、全員用心深く、ゆっくりと動いた。カラン麦畑の端に足跡がつくのはいたし方のないことだった。願わくば、自分たちの麦踏みの跡だと思い違いをしてくれればと思いながら進んだ。山から山へと吹く風が雲をもちぎっていったので、ときおり月光が大地をかすめた。夜の湖面で産卵する魚の背びれがいっとき輝くのにも似て。

　農家から遠ざかり、小川をまたぎこして冬野菜の畑にたどりついたとき、納屋のあたりで牛が一声鳴いた。騒ぎたてる様子でもなく、気まぐれにあげたような声だった。列の最後尾についていたユースがくすくすと笑った。

　彼が、その農家の貯蔵庫からかすめとってきた丸パンのかたまりを皆に披露したのは、翌日た。

の昼食休憩のときで、おれたちはすでに尾根を越した反対側まで進んでいた。

道徳的な是非を言う者は一人もいなかった。困窮《こんきゅう》している農家にはとても見えなかったし、「八人家族で毎日二個食べても、六日分くらいは残っていた」とユースが得意げに胸を張ったので、兎と野草のシチューばかり食べていた皆は、ありがたいご奉仕として受けとることにした。

「ふん、戻してこいといってももう随分はるか彼方だしな」

とマーセンサスが鼻を鳴らして渋々言った。

「食わなきゃ黴《か》びるだけだし」

「でも、一体、いつのまに」

トゥーラが目を丸くすると、ユースはへっへぇ、と笑った。

「みんながぬき足さし足で闇の中を歩いているあいださ。きゅうりの酢漬けも持ってきた方が良かった？」

さすがにこれには、一斉に異議が唱えられた。

「でも、これっきりにしていただきたいわ」

エミラーダがしかつめらしく首をふって、首をふったその口で、切り分けられたパンを頬ばった。そうよ、二度としないで、とトゥーラが相槌をうったので、ユースは彼女をからかった。平気で人を殺そうとしたトゥーラさんが、泥棒はだめだって言うのか、云々。二人の言いあいを片耳で聞きながら、全員パンを平らげるのに夢中だった。バターもチーズもなし、葡萄酒もなし、それほど上手に焼かれたものでもなかった。それでも、二食分を腹につめこんだか。

「おお、帝国の夢よ」

とリコは天を仰ぎ、マーセンサスも満足げに腹をなでた。野生の薄荷《はつか》でいれた香草茶をまわしのみすると、急に眠気にとらわれた。小さな炉の周囲に円くなって、全員が昼寝をむさぼった。

足元の冷えに目覚めると、午後も大分遅くなっていた。雨の匂いが微風の中にかぎわけられ、おれたちは慌てて身支度をして出発した。がれ場に丈高い草が生えているような場所で、その色もすっかり薄茶から狐の尻尾色へと変わってしまっていた。風にそよぐ枯れ草のあいだを、足元に苦労しながら抜けていくと、両側が岩壁になっている隘路《あいろ》の中に踏みこんでいた。

おれは遠雷を聞いて上空を仰ぎ、おぉい、トゥーラ、と先頭に呼びかけた。その声が岩に反射して幾つものこだまをつくった。

「雨がくるぞ。ここは危ない」

トゥーラはふりかえりもせずに叫びかえしてきた。

「わかってる！　あなたの魔法で雨を止めておいて」

そんな無茶な。だが、トゥーラの足が速まった。リコが息を切らしだしたのはそれからまもなくだった。おぶさるか、と遠慮がちに尋ねると、すごい目で睨《にら》まれたが、彼には罵声をあげる余裕もなくなっていた。再びトゥーラを呼ぼうとしたとき、彼女が岩と岩のあいだに見えなくなった。二呼吸待っていると、マーセンサスの肩の上ほどの岩の上にあらわれた。隘路を風が吹きぬけ、リコの長衣がばたばたと鳴った。思わず顔をうつむけ、次に目をあげると、トゥーラはさらに高い岩棚に達していた。

「階段があるの。避難所も。登ってきて。急いで」

高い岩山のどこかで遠雷の轟《とどろ》きが再び。皆はトゥーラのたどった岩のあいだに身体をすべりこませた。トゥーラの言うとおり、段差が低く一人分の横幅のある階段が削られていた。エイリャは山猫となって軽々と登っていき、次にエミラーダ、リコ、おれ、マーセンサスとつづいた。

「なんでそんなところにあがるのさ」

まだ路上に立ったまま、ユーストゥスが叫んだ。行く手から黒雲が宵闇をともなって急速に近づいてくる。稲光《いなびかり》をはらんでいる。

「このまままっすぐ進んじゃったら、だめなのかい？　登るよりずっと楽なんだけど」

かすかな地鳴りが、岩階段のへりをつかむ手に伝わってきた。マーセンサスが怒鳴ろうとして口をあけ、しかしすぐに口を閉じた。同時に彼は今登ってきた階《きざはし》をひとっ飛びに飛びおりて、ユーストゥスの襟首を鷲づかみにすると、悲鳴をあげるのにもかまわず岩のあいだに彼をおしこみ、登れっ、早くっ、とその尻を拳骨《げんこつ》で突きあげた。少年は若い脚力で軽々とあがり、マーセンサスも三段とばしで登ってきた。

おれとエミラーダ、リコがトゥーラに追いつき、すぐにユースもあがってきた。マーセンサスが踊り場になっている一段下まで至った。その直後、突風と共に濁流《だくりゅう》が押しよせてきた。一呼吸前までマーセンサスが立っていた踊り場に水が打ちつけ、飛沫《しぶき》が飛んだ。彼はユースの隣に着地して、ひゅっと息を吐いた。

口をぱくつかせ、青ざめて指さすユースにはかまわず、一行はさらに階段を登り、轟音《ごうおん》を少し離れて聞くことのできる新たな岩棚にたどりついた。庇《ひさし》のように上部が張りだした場所で、浅い洞窟といった趣《おもむき》のそこを今夜の宿と定め、落石で炉を作り、枯れ枝を集めて小さな火を焚いた。

遠雷は近づいてくることなく南の方に抜けていき、濁流の轟音もまもなくしずまった。

「なんで教えてくれなかったんだよ」

まだ青ざめた顔のまま、のっそりとマーセンサスの横にユーストゥスがやってきた。

「教える暇なぞなかっただろう?」

おれはのんびりとした口調で応えた。少年の方を見もせずに、いかにも火の具合が心配だというふうを装って。するとエミラーダが珍しく厳しい声を出した。

「それより、マーセンサスさんにお礼を言うのが先でしょう。あなたは、生命を救われたのよ」

う、とつまったユースは、わずかに頬を膨らませて、マーセンサスの隣に荒々しく腰をおろした。数呼吸はりつめた空気が火の勢いをも弱めたかに思われたが、やがてユースはもごもごと礼を言い、謝罪のしるしに少しばかり頭を傾けた。火は再び元気をとり戻し、皆は肩の力を抜いた。

あぶった薄い干し肉をくちゃくちゃやりながら、リコが、明日は森におりて狩りをせにゃならんぞい、とまるで自分が獲物を捕まえるかのように言い、トゥーラが失った短弓のことを嘆いた。エミラーダとエイリャは低い声で遅い冬と気候について分析しはじめる。マーセンサスが干し肉をちぎった。

「エンス、さっきの見たか」

おれは忍び笑いを漏らした。

「ああ。あいつにとっては思いもよらない顛末《てんまつ》だったろう」

「何のこと？　あいつって？」

ユースが頬に栗鼠のように肉をためながら顔をあげた。

「こいつの化物が、鉄砲水に押し流されていったんだ」

「ちらっと見えただけだったんで、錯覚かと思っていたが、マーセンサスも気づいたんなら、確かだろう」

ユースもにまっとした。

「何、それ。まぬけだ」

「ああ、おまえといい勝負だな」

「おれと一緒なの？」

気色ばんでみせる少年の頭をマーセンサスは軽くこづいた。あっちの方が神出鬼没な分だけ、一段上ってとこではないか、と笑うと、少年は突然口角を下げてべそをかきながら、元剣闘士の前襟を両手でつかみ、ごめん、ごめん、と呟いた。

「ごめんなさい、マース。おれ、あんたを死なせるところだった」

さらに謝罪を口にしながら、額を大男の胸につけてしゃくりあげはじめた。マーセンサスはどうしたらいいかわからず、視線を泳がせ、助けを求めたが、皆にやついているだけ。

「おおい、エンスぅ」

「いいなぁ、マーセンサス。美女でないのが残念だが、子犬でも頼られちゃあ、悪い気分じゃないよなぁ」

マーセンサスは頭や頰をかいていたが、やがてその手でユースの背中を軽く叩きはじめた。おれたちは「大男が赤子をあやすの図」に微笑《ほほえ》み、腹はまだすいていたものの、心は大いに満足して、寒い夜をやりすごしたのだった。

翌朝は夜明けと共に起きだした。ゆうべまでの比較的暖かい大気は、雷と共に去ったらしい。冷たい霧に囲まれてくしゃみをした。

「あとは下っていけばいいだけだから、リコお爺さんを先頭にして行くといいと思う」

トゥーラの提案はもっともだった。リコの歩調で進むなら、リコも楽なはずだ。

「今夜はちゃんとしたねぐらに連れていくわね。雷が鳴ったでしょ？　西の方では雪がふりはじめたのよ」

足元をちゃんと見ていけよ、転がるなよ、急がなくていいからな、とおれはリコの頭に注意を浴びせた。リコは返事のかわりに片手をあげて霧の中に沈んでいく。リコにつづいてエミラーダ、エイリャ、トゥーラ、おれ、ユース、しんがりはマーセンサス、という順で岩の階を下っていった。昨日に比べて段差が大きく、かつ曲がりくねっていて、爺さんを先頭にしたのはまちがいなかったと思った。あるところでは岩と岩がくっつきあって、その下にできたわずかな隙間にもぐりこまなければならなかった。またあるところでは横たわった馬のような大岩が進路上にあって、それを乗りこえて反対側に飛びおりなければならなかった。霧がいっとき濃くなり、曲がり道の前方で誰かがまた小さいくしゃみをした。おれは足元に気をとられながら、ぼんやりと、あれはユースだなと考えていた。だが、ユースはおれの後ろにいるはずだった。数段おりてからそれに思い至り、はっとして立ちどまった。

「おい、みんな！　止まれ。静かにしろ」

霧の中に叫んで気配をさぐろうとした。霧が衣服や岩とふれて水滴に変じる音も聞こえそうな静寂の中に、何かを感じた。それは今いるところよりも低い場所から伝わってくる、かすかな物音。小石がすれあうような、生き物の呼吸のような、誰かの衣《きぬ》ずれのような。霧の幕に遮《さえぎ》られ、吸収されて、ほとんど感じるか感じないかの際《きわ》の。

「マーセンサス！　ユース！」

とおれは後方の二人を呼んだ。頼もしい返事がすぐにかえってきた。

「トゥーラ！　エミラーダ！　リコ！　エイリャ！」

女たちのくぐもった声も下からのぼってきた。だが、

「リコっ」

ともう一度呼びかけたが、しゃがれ声が聞こえない。おれはさらにもう一度呼び、どんなかすかな音でも聞きのがすまいと立ちつくした。そのあいだに風が出て、霧が薄れた。

「リコ、どこだっ？」

おれは階を駆けおりる。全員が同時に動いた。エイリャが雪ヒョウに変身して岩崖をおりていく。トゥーラも敏捷に跳ねていく。エミラーダは邪魔にならないよう、岩壁の窪みにはりついて、おれたちを通してくれる。昨日の遠雷に負けない足音を轟かせながら、岩山から灰色土の平地に飛びだした。

その直後には、霧が渦を巻きながら風にさらわれていき、おれたちは戦装束の男たちにとりかこまれていた。

五馬身ほど右手に、深く穿《うが》たれた谷が顎をあけていた。その崖っぷちからおれたちの正面にいたるまで、五十人ほどの男たちが立ちふさがっている。今おりてきた岩山の左側にはまた別の一陣、こちらは三十人ほど。別の一陣、と見てとったのにはわけがある。右側の連中は得物もセオルも履物もまちまちだが、ほとんどが頭を剃りあげて髭を生やしている。左側はそれに比べると身ぎれいだし、武具防具も一定基準に達している。加えて姿勢が良く、両足をしっかり大地につけているところから、コンスル帝国軍の名残を感じる。と、正面で、金壺眼《かなつぼまなこ》の若造が怒鳴った。

「トゥーラ！」

小柄な体軀にもかかわらず、随分太いだみ声だった。

「トゥーラ！　出てこい！　この裏切り者」

トゥーラが数歩前に出た。おれはすかさずそのすぐ後ろにつく。

「おまえとユーストゥス、こっちに来い。爺いは預かってるぞ」

若造の左側、帝国軍のなれの果ての方に、彼より頭一つ分背の高い、痩せ気味の三十男がいた。一目で違和感を覚えたのは、その腕がやたらに長いからだった。猫背でもないのに、手の先は膝のすぐ上までのびている。ぼうっとした表情の細面《ほそおもて》、一軍の将であることを示すのはセオルの留め具に金めっきの狐のフィブラを使っているからだった。その背後で気を失っているリコを担いでいるのは、ライディネスの側近アムドだった。

「ナフェサス。あなた、誰と組んだのか、わかっているの？」

トゥーラの横顔に、いつもの薄ら笑いが浮かんだ。

「おうよ！　このキードルはおれたちの力になってくれるとさ。おれたちっていうのは、おまえは入っていないからな。おまえはもう——」

「力になるって、どういう意味よ」

「おまえがおれを利用してはじめたことを終わらせようってんだよ。おまえがユーストゥスの小僧に肩入れしちまって、中途半端に投げだしたことだ。おれがオルンの王になるって、あれだ」

「剣を抜けなかったのに、王になれるとまだ思ってんの？」

この言葉に、ナフェサスは額の上までまっ赤になった。

「お……おまえがっ。おまえがずっとおれに言いつづけてきたんじゃあ、ねぇかっ」

「ごめんなさいねぇ。わたしもずっと信じていたんだけど、どうやら違うらしいって、わかっちゃったんですもの」

「そ……それ……それで、その、生っちょろい小僧に鞍替えしたってわけかっ」

「人聞きの悪いこと、言わないでよ。誰もユーストゥスなんか、あてにしたりしていないわよ。あなたもユースも、王にはなれないわねぇ。なぜだか教えてあげましょうか」

「な、な、何を、言いだすんだっ」

「そっちの軍勢が」

とトゥーラはライディネス側を指さした。

「あなたを王にすると言ったのも嘘。味方にする人をちゃんと選ばなきゃあ、ねぇ、ナフェサス。そっちの軍を束ねているのは、ライディネスっていう軍人あがりの男よ。おそらくコンスルの千人隊長ぐらいはつとめた男で、女子どもも平気で殺す、多分邪魔者は二十人以上切り捨ててきたでしょうね」

「そっちが嘘だっ」

ナフェサスはだだっ子さながらに頭をふりたてた。

「こいつはキードル、キードルって名前だぞっ」

トゥーラは溜息《ためいき》をついて目をぐるっと回してみせる。

「そのキードルの親方が、ライディネスっていう男なのっ。彼の軍勢は総勢で何人になるのかしら、キードルさん。千人？　二千人？」

「待機しているのも入れて、四千だ」

のほほんと間のびした声で、キードルもまた正直に答える。よ、四千、とはじめて何かに気づいたような顔をしたナフェサスに、トゥーラはたたみかける。

「彼は今、ダルフの主要部を手中におさめようとしてほぼ成功しつつある。ウーラ、ラァムといった町はもう陥ちたし、最後にオルン村を手に入れればカダー包囲網が完成するはずなの」

ナフェサスの喉仏が大きく上下した。トゥーラが鼻にかかった声を使った。

「そっちのお方がオルンをあんたから騙し取ろうとしてたの、これでわかった？」

「嘘だっ！」

「この世の半分は嘘でできている。はじめは真実でも、人の心が変われば嘘に反転する。そういうものよ、ねえ？」

「あんた、おれを騙したのかっ」

ナフェサスは再び顔を赤く染めて、今度はキードルにくってかかった。キードルは一歩退いて大きく腕を広げてみせた。

「なるべく血を流さないにこしたこと、ないものだから、なぁ」

野郎、と呻《うめ》いたナフェサスは、キードルの正面に踏みこんだ。

「嘘も計略もなしだ、こん畜生、一騎討ちで決着をつけるっ。抜けっ」

そう言いざま、おのれの長剣を抜きはなった。五十人の配下がどよめく。

茫洋としていたキードルの表情が突然別人のものになった。間のびした羊面が一瞬で狐の顔に変化した。ゆっくりとした動作で彼もまた剣を抜いたが、その長い手にふさわしい長剣で、見守っている全員が思わず息をのむ代物だった。腕と剣がまるで一本の長槍のようだ。その切先をまっすぐにナフェサスにむける。ナフェサスは腰を落として隙をうかがうが、踏みこむことができない。右に寄れば右、左に視線を動かせば左、と長剣の先は素早く反応する。トゥーラが彼の名を呼んだが、彼は歯ぎしりせんばかりの形相で、手を出すな、とあくまで一騎討ちのつもりだ。

おれとマーセンサスは顔を見合わせた。面子《メンツ》のかかったこの勝負は、もう結末が見えている。ナフェサスは叩き伏せられ、彼の配下は否応もなしにキードルの軍勢に吸収される。リコは連れ去られ、おれたちもどうなるか。どさくさに紛れて、リコをなんとか奪いかえさなくては。いつでも飛びだせるように身体を緊張させてその機会を待った。

ナフェサスはしばらく逡巡《しゅんじゅん》していたが、一気にけりをつけようとした。短気な男だ。おれだったら軽い打ちあわせをくりかえし、様子をみる。あれだけの長剣を操るには筋力と持続力が必要だ。必ずいつか隙ができる。そのとき一気に懐《ふところ》に踏みこめばこっちのもの。やつの剣の長さは、接近戦を回避するための長さだから、接近してしまえば簡単な話。だがナフェサスにはその道理も、道理を考える思考力も余裕もないらしい。敵の剣先を払いあげ、強引に踏みこんで、相手の胸に突きを入れようとした。

キードルの剣はナフェサスの考えどおりには動かなかった。払いあげたはずの刀身はほんの指一本分ぶれただけだった。キードルはむしろそのぶれを反動として利用した。軽く払いあげられた剣は、その長さのもつ重みと長い腕の力で落とされた。

ナフェサスの右腕が飛んだ。絶叫をあげて地面に転がるのへ、キードルは無頓着に歩みよると、胸部に突きを入れた。悲鳴が途切れ、たちまちナフェサスは動かなくなった。

彼を呼ぶトゥーラの声が、悲痛な響きとなって大気を震わせた。そのこだまが消えないうちに、おれたちは一斉に動いた。おれはキードルの軍の左端に走りこみ、迷路の紐をばらまいた。マーセンサスはおれのすぐ後ろで縦横に剣をふるう。エイリャが鷲となってアムドの頭に飛び、爪で両目を襲う。エミラーダはユーストゥスを片手でかばいながら身構える。

ナフェサスに駆けよったトゥーラは彼の胸にそっと手を置き、キードルをふりかえりざま罵《ののし》った。

「人非人！　なにも殺さなくたって！」

それに対する答えは、長剣一閃《いっせん》。おれは迷路の呪文を唱えながら、マーセンサスと背中合わせで戦っていたが、目の端でトゥーラが転がって飛び起き、飛び起きたときにはもうその手に、ナフェサスの剣を握っているのを認めた。

迷路の呪文を唱え終わるその直前に、おれとマーセンサスはもとの場所へと素早く抜けだした。

三十人の兵たちはふりあげた剣や槍をどこに向けたらいいのかわからなくなり、右往左往しだした。

トゥーラがキードルの長剣を三度かわした。敏捷な魔女の末裔《まつえい》は、かわすたびにキードルに近づき、さっきおれが考えたとおりに懐へ入りこむや、そのまま軽く跳びあがった。少しの躊《ちゅう》躇《ちょ》も見せず、キードルの喉を横に払う。払いつつ両足でキードルの胸を蹴り、相手の太刀筋から逃れて空中で一回転した。キードルが血飛沫を噴きあげて大地に倒れるのと、彼女が着地するのとが同時だった。

ナフェサスが殺されてから、足がすくみ、絶句していたオルンの雑兵五十人は、そのときようやく我にかえった。口々におめきながらキードル軍へ突進しようとした。あ、まずいぞ、とおれは呟いた。迷路にはまっちまう。

するとトゥーラの鋭い叫びがあがった。

「動くなぁっ！」

男たちの熱い怒りが氷の風で切り裂かれたようだった。一人残らず動きを止め、トゥーラに視線を向けた。

「もう、誰一人死んではいけない」

声が震えないように必死でこらえながら、トゥーラは言った。自分自身にも言いきかせるかのように。赤銅《あかがね》色の瞳から涙があふれるに任せつつ、彼女は剣を投げ捨てた。

「ナフェサスを……連れて帰ろう。みんなで帰るのよ」

エイリャの鷲は、アムドを襲いつづけていた。またしても迷路にはまってしまったのを感じているらしく、目前の敵のみに注意を向けている。賢いやり方だ。そこから動かない限りは、出られはしないが迷子になることもない。アムドは執拗《しつよう》な攻撃にたまらずリコを地面におろしていた。誰かに尻を踏まれたリコは正気づき、きょろきょろとあたりを見まわしていたが、這うようにして足と足のあいだを抜け、こちらに逃れてきた。

おれたちは駆けよって起きあがる手助けをした。

「何の騒ぎじゃ、これは」

目をぱちくりしたのは、キードルの三十人がそれぞれにわめきながらあっちへ行ったりこっちへ来たりを終わりなくくりかえしていたからだ。おれはリコの尻から土埃を払ってやった。

「なんでグラーコさんは、抜けだせたの？」

腕を支えながらユーストゥスが尋ねたので、おれはリコの腰あたりにくっつけたリボンを指さした。

「迷子にならないように結んだ。こっちは転倒防止。そっちのは骨折しないように。それから風邪防止、食あたり防止……」

「エイリャはどうする？」

マーセンサスが腰に手をあてて伸びをしながら言った。

「鷲の目で紐の一本でも見つければ、ちょん切って出てくるさ」

「うわあ。また激怒するね」

「なあに。ちゃんとわけがわかってるから、それはないだろう。……ま、少しは怒るかも」

五人で、翼をばたつかせているエイリャを見守っていると、顔を拭いたトゥーラが近づいてきた。腫れぼったくなった目蓋《まぶた》と赤くなった鼻。胸や頬にはキードルの返り血を点々とつけていたが、それでもおれにはうつくしく見えた。

「オルンに戻るわ。ライディネスの来襲に備えるの。……一緒に来る?」

「おおう、行こう」

とおれは即座に答える。マーセンサスの口調に皮肉の色が戻ってきた。

「あいつの大軍相手にどのくらいやれるか、やってみるのも一興だな」

「その村が白の塔へ行く道筋にあるのなら。村で少し休ませてもらって、それからわたくしたち二人で再出発することができるのなら」

エミラーダが微笑んでユーストゥスを見おろした。

「え……二人って……おれのこと?」

「もちろん、剣を抜いた本人が塔に登ったら何が起きるか、試したいじゃあないですか」

ユースは頭を両手でかかえる仕草をしてみせてから、仕方ないなぁ、と呻いた。

トゥーラはうなずいたが、その唇に笑みはなかった。

「じゃ、そういうことで。ついてきて」

踵《きびす》をかえすと、急ごしらえの担架に、ナフェサスの亡骸《なきがら》を乗せて待つ、オルン村の男たちの方へ大股で歩いていった。その髪が風に渦を巻き、冬の乏しい光でも昏《くら》い火花を放った。それを見送りながらリコが、

「……やっとわかってくれたんじゃなぁ」

と呟いた。何を、とは聞かなかった。トゥーラの胸にも様々な思いが渦巻き、火花を散らしているだろう。彼女がその生き方を百八十度転換することはない。だが、彼女の中に埋もれてい

た何かが、ようやく芽吹いたのは確かだ。

おれはリコの肩を叩いた。

「行くか、相棒。足は大丈夫か？」

リコはふにゃふにゃと返事をした。おれたちはオルンの方角へと出発した。背後ではまだ高く鋭い鷲の叫びがつづいていた。

1377	【コンスル帝国】グラン帝即位 【イスリル帝国】このころ内乱激しくなる	
1383	神が峰神官戦士団設立	
1391	【コンスル帝国】グラン帝事故死 内乱激しくなる	
1448		「冬の孤島」
1457		「紐結びの魔道師」
1461		「水分け」
1462	イスリルがローランディア州に侵攻	『赤銅の魔女』 『太陽の石』 デイス拾われる
1703		「形見」
1770	最後の皇帝病死によりコンスル帝国滅亡 【イスリル帝国】第三次国土回復戦、内乱激しくなる 【エズキウム国】第二次エズキウム大戦 エズキウム独立国となる パドゥキア・マードラ同盟	
1771	フェデレント州独立　フェデル市国建国	
1785		「子孫」
1788		「魔道師の憂鬱」
1830	フェデル市〈ゼッスの改革〉	「魔道写本師」 『夜の写本師』 カリュドウ生まれる 「闇を抱く」

〈オーリエラントの魔道師〉年表

コンスル帝国紀元(年)	歴史概要	書籍関連事項
前35ころ	オルン魔国滅亡	『赤銅の魔女』
1	コンスル帝国建国	「黒蓮華」
360	コンスル帝国版図拡大 北の蛮族と戦い	
450ころ	イスリル帝国建国	『魔道師の月』 テイバドール生まれる
480ころ	【イスリル帝国】第一次国土回復戦／北の蛮族侵攻	
600ころ	【コンスル帝国】属州にフェデレント加わる	
807～	辺境にイスリル侵攻をくりかえす	「陶工魔道師」
840ころ	エズキウム建国（都市国家としてコンスルの庇護下にある）	
1150～1200ころ	疫病・飢饉・災害相次ぐ 【コンスル帝国】内乱を鎮圧／制海権の独占が破られる	
1330ころ	イスリルの侵攻が激しくなる 【イスリル帝国】第二次国土回復戦／フェデレント州を支配下に コンスル帝国弱体化　内乱激しくなる	
1348	【エズキウム国】第一次エズキウム大戦	
1365		『太陽の石』 デイサンダー生まれる
1371	【コンスル帝国・イスリル帝国】 ロックラント砦の戦い	

本書は二〇一八年、小社より刊行されたものの文庫化である。

著者紹介　山形県生まれ、山形大学卒業、山形県在住。1999年教育総研ファンタジー大賞受賞。著書に『夜の写本師』『魔道師の月』『太陽の石』『オーリエラントの魔道師たち』『紐結びの魔道師』『イスランの白琥珀』『滅びの鐘』『ディアスと月の誓約』『炎のタペストリー』がある。

検印
廃止

紐結びの魔道師Ⅰ
赤銅《あかがね》の魔女

2021年 3月12日　初版

著者　乾《いぬ》石《いし》智《とも》子《こ》

発行所　(株)東京創元社
代表者　渋谷健太郎

162-0814/東京都新宿区新小川町1-5
電話　03・3268・8231-営業部
03・3268・8204-編集部
URL　http://www.tsogen.co.jp
モリモト印刷・本間製本

ISBN978-4-488-52510-1　C0193

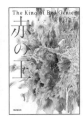

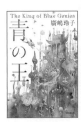

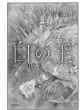